LA NOVIA
DE HOUDINI

JUAN JOSÉ RODRÍGUEZ

LA NOVIA DE HOUDINI

OCEANO   HOTEL DE LAS LETRAS

Editor de la colección: Martín Solares
Diseño de portada: Manuel Monroy

LA NOVIA DE HOUDINI

© 2013, Juan José Rodríguez

D. R. © 2014, Editorial Océano de México, S.A. de C.V.
Blvd. Manuel Ávila Camacho 76, piso 10
Col. Lomas de Chapultepec
Miguel Hidalgo, C.P. 11000, México, D.F.
Tel. (55) 9178 5100 • info@oceano.com.mx

Primera reimpresión: octubre, 2014

ISBN: 978-607-735-351-5

Hecho en México / Printed in Mexico

*Cualquiera que escuche al ave
olvidará todas las cosas.*

"Canción de la India"
Nicolai Rimsky-Korsakov

El maestro Ludovico oprime la cabeza de la serpiente...

*E*L MAESTRO LUDOVICO OPRIME LA CABEZA DE LA SERPIENTE, cuidando de no lastimarla con el anillo. Entonces murmura la frase mágica:

—Podemos empezar.

La serpiente cierra los ojos. A pesar de su veneno y astucia no podrá escapar. El maestro aminora la luz del quinqué y prosigue con su voz de barítono, solemne como un monje a medianoche:

—Jamás olvides la principal enseñanza. Un mago no es aquél que aparece palomas o arroja una culebra impertinente a los pies del faraón.

Ludovico mueve la serpiente de un lado al otro, cual si fuera el cetro de un emperador.

—Los actos de magia más sorprendentes y los más comunes ya aparecen en la Biblia. Lo que está ocurriendo ahora nadie lo ha registrado todavía, a pesar de que gente como nosotros hace crecer a diario la historia de las ilusiones. La magia moderna comenzó en Francia hace menos de cincuenta años y todo gracias a una equivocación. ¿No es curioso? El error que elevó la dignidad de este negocio, hijo de la mentira y la desvergüenza, del afán de conseguir dinero con el asombro, tuvo un toque de magia en sus comienzos.

En ese momento su mano pasa sobre la Biblia, sobre las llaves del ataúd y sobre el revólver que siempre lo acompaña. Sólo se detiene para acercar la cabeza triangular del reptil a la botella de aguardiente y mirarla con gesto reprobatorio:

—Recuerda que no debes beber mientras dure tu entrenamiento. Ni siquiera mirar una copa. Los pecados comienzan por los ojos.

Comprendo que ha descubierto mi mirada y al instante me concentro en la serpiente. Ya me lo había dicho antes de aceptarme como aprendiz: «No deberás beber vino ni estar cerca de mujeres. Los magos nos beneficiamos de la gente que sólo da crédito a lo visible. Es cuando podemos trabajar. Un hombre ebrio es la mejor presa para magos y sinvergüenzas».

Lo del vino no es difícil para mí pero Florissa está cerca de nosotros y aunque sus pasos no suenan, presiento que nos observa tras las lonas de la tienda, porque percibo su olor a albahaca. Por ella, la más prohibida de todas, dejé mi trabajo en las oficinas de minería, mi porvenir como escribiente y me fui sin pedirle permiso a mi padre para marcharme con el maestro Ludovico y su tintineante carreta de fantasías.

—El maestro Robert Houdin era un relojero de París que un día encargó un libro. Por error se le envió un libro de magia y antes de devolverlo cayó atrapado en la ilusión. Las cosas que vio en ese libro cambiaron su vida. Dejó de ser un pacífico burgués para unir el arte de la magia con la técnica de los relojes. Construyó figuras que sorprendían con la precisión de sus movimientos, a veces mejor que la de los humanos. Uno de sus muñecos resolvía complicadas operaciones matemáticas y otro era un genio ante el clavicordio. Mientras mayor cara de idiota les ponía, mayor era el asombro que causaban. Pero hace cinco mil años, cuando no existían los relojes y eran escasos los metales y el refinamiento, los hombres debían recurrir sólo al ingenio y a la astucia de sus manos para convocar a la magia. Con esas herramientas jugaban con la vida y la muerte, arriesgándose más cada vez. Si fracasaban, su pago podía ser la muerte. Por eso no pocos magos yacen ahora en tumbas sin nombre.

Una vez más me muestra la serpiente, rígida y adormilada. Con ella señala la luz del quinqué y entiendo que debo subir la mecha. El nuevo resplandor ilumina su rostro de esfinge bajo la luna del desierto. Afuera resopla uno de los caballos.

—El primer gran acto de magia no está en el Génesis. No se trata de la creación del mundo. El primer artificio está en el libro del Éxodo. Al atreverse Moisés a exigir ante el Faraón la libertad de los israelitas, éste lo encaró con sus magos para calibrar qué tipo de rival tenía frente a sí. Moisés y Aarón, ese par de aventureros, hermanos y judíos por añadidura, quisieron asustar al jerarca con un truco que entonces, hace unos cuantos milenios, ya era muy viejo: convertir el báculo de Aarón en una serpiente al arrojarlo contra el piso. Era tan común esta artimaña que los magos egipcios la repitieron de inmediato, tal como narra la Biblia. Tan sencillo como estrangular largamente una culebra, con paciencia, hasta volverla rígida como un bastón del que nadie sospecha si se le cubre de resina. El resto consiste en provocar el suspenso necesario y, luego de un conjuro diabólico, o de la invocación al dios de tu agrado, arrojarla al centro de la multitud para verla revivir con el golpe. El temor a las serpientes y la sorpresa logran el resto. Con ello puedes conseguir la liberación de tu pueblo o mandar la cesta a recoger monedas. Todo el mundo puede tocar al final del acto a la serpiente, nada más que sin atravesar la raya, d'accord?

Me acerca el reptil y debo soportar el temor que me provoca. Don Ludovico sabe que domina el escenario y ahora coloca la serpiente sobre la mesa, sin soltar su punta venenosa, la larga flecha que termina en el infierno.

—Ahora nos preguntamos por qué fue tan necio el Faraón y no concedió el permiso de inmediato. La respuesta es sencilla: no era ningún tonto, se trataba de un gobernante que no podía mostrar debilidad frente a un agitador deseoso de asustarlo con trucos de segunda categoría, en medio de una corte acostumbrada a los milagros. Las aguas ensangrentadas del Nilo eran algo tan normal como la marea roja que llegaba a los puertos. Y lo mismo puede decirse de las plagas de ranas, de úlceras y demás calamidades conocidas por los egipcios. Hasta que mataron a todos los primogénitos por la noche, y entre ellos a su hijo, el faraón dejó ir a los hebreos. Algo muy fácil, porque en casi todas las casas había un esclavo de la casa de Israel… Esto me lo hizo ver el señor Thomas Mann, un respetable periodista de Múnich que tocaba estos temas y descreía de la magia. ¿Leían mucho la Biblia en tu casa?

Es como si don Ludovico pudiera leer mis pensamientos y conociera mi infancia de acolito, los amaneceres entre el incienso y la mirada de los santos que colgaban tranquilos en la nave de la iglesia, el sol cegador bajo los vitrales astillados, mis bostezos junto al ángel en ascensión; aquellas mañanas en el cementerio, sosteniendo el estandarte agitado por la brisa mientras el sacerdote rociaba con el hisopo algún ataúd. Una niñez de domingos ante el confesionario, alejada del mundo de los adivinos, los magos y las mujeres…

—Ésta es la serpiente. Una de las grandes figuras de la Biblia. Aparece al principio y al final. La primera criatura en hacer el mal, mucho antes de Caín. Gracias a que posee el don de engañar a los inocentes logró expulsar al hombre y a la mujer del paraíso. Y fue ella quien mediante un acto de magia inició la salida del pueblo judío rumbo a la libertad. Recuerda que cuando los israelitas desoyeron a Jehová, Él mandó a las serpientes a acabar con su pueblo, hasta que Moisés levantó una serpiente de oro en medio del desierto, el mismo signo que ahora enarbolan en la medicina. Ahora dime: tú, ¿a quién piensas obedecer durante el aprendizaje de la magia? ¿A la serpiente del paraíso, que gusta de engañar al inocente, o a la serpiente liberadora que dormita entre mis dedos? Decídelo antes de que te cuente mi historia.

Arroja el reptil al piso y al instante se retuerce en espirales. Don Ludovico ríe a carcajadas. Miro cómo se enrosca una y otra vez, a medida que vuelve a circular la sangre fría por todo su cuerpo, a medida que vuelve a la vida, abre los ojos y enseña la lengua de dos puntas, los colmillos que tantos hombres miraron antes de toparse con la muerte.

—Hay gente que puede morir dentro de un ataúd y revivir a los pocos minutos, igual que esta serpiente. Eso fue lo que viste hacer a nuestra princesa en tu pueblo. Tan sólo es un truco. No es magia. Nunca confundas un truco con la magia.

Yo sólo pienso en Florissa, la novia de Houdini, en su olor a albahaca y en mi estupor cuando la miré levitar por los aires. Vuelvo a sentir la misma sorpresa, el gusto de su cuerpo flotando, el temblor de mis venas ante el veneno de su aroma, mi deseo enfebrecido como una cobra en el ataque.

Así termina mi primera lección, luego de áridos días de vagabundeo, arduas noches de soledad sin rumbo ni destino.

1929
La magia y la muerte

—VENGA A CONOCER EL ASOMBRO. ¡HE AQUÍ A Florissa de Orsini, la única mujer capaz de desafiar a la muerte y a la naturaleza, la portentosa conocedora de los secretos del antiguo Egipto y las enigmáticas galerías del infierno! La novia del gran Houdini ha venido a esta plaza y usted podrá verla escapar de un ataúd cuyas cadenas han sido templadas por las llamas del Monte Cáucaso. Su nombre despierta respeto entre los hechiceros de Bagdad y hace temblar a los guerreros que cabalgan por las calles del averno. Un mago legendario que la desafió en Florencia fue humillado por ella y hoy es un mendigo ciego que vaga por el reino de Burma lamentando ante los espíritus del viento su más terrible derrota. ¡No deje de abrirle a este prodigio las puertas de su alma! ¡Florissa de las nubes ha descendido a esta tierra!

Todo eso clamaba a su paso la figura recia de Antonio de Orsini, el lanzador de cuchillos de enhiesto bigote que, a pleno pulmón, multiplicaba la belleza de la Novia de Houdini. Y Florissa realizó magia auténtica incluso antes de comenzar la función. Tan pronto la vi me olvidé de la agencia minera y decidí seguirla a donde quiera que ella fuese. Me sentí capaz de volar con su aliento rumbo a las nubes mencionadas en el pregón, de escapar con Florissa de esta tierra, de salir al fin de toda esta niebla marchita y somnolienta.

Julio es el peor mes para estar encerrado y más aún si hay que escuchar la fétida voz de don Gervasio, el responsable de inculcarme la manera más audaz de administrar un negocio, tal como decidió mi padre. Mientras revisaba la enésima suma de saldos las puertas se azotaron de súbito, crujieron las duelas, alguien corrió por la calle y un niño clamó por su abuelo con voz transfigurada. Levanté la vista y los empleados menores huyeron a la calle, olvidándose del trabajo, un lujo que yo no podía darme por encontrarme en pleno aprendizaje y además, por ser el nieto de don Alejo Molina, el fundador de la Agencia Minera de San José de la Cuesta, hoy convertida en la Compañía Minera Valcorba.

Mi padre no era uno de los propietarios de la Compañía desde años atrás. A manera de cortesía, lo invitaban a las juntas de consejo y ahí expresaba su firme opinión sobre el futuro de la empresa ante la condescendencia de la familia Valcorba, los auténticos dueños. El abuelo de éstos había sido fundador y mi padre su administrador por varios años, hasta que el juego y las mujeres lo sacaron de la sociedad. Hace poco don Gervasio Bustos me había concedido un empleo por razones caritativas, tal vez para arrancarse algún sentimiento de culpa del pasado, y mi condena diaria consistía en revisar los cuadernos foliados y aquellas largas listas de pagos, cuando no trazaba dibujos con el lápiz bicolor en las aborrecidas tardes del hastío. Por todo eso y más, ante el redoble de aquel tambor gitanillo me puse de pie y escapé hacia el mundo real, que ya tomaba por asalto a mis compañeros. Había llegado al fin la magia.

La calle era una irredenta mascarada. Hasta mi padre se detuvo ahí, con su camisa a rayas y el bastón en la diestra, confundido entre los demás caballeros prófugos del café y la copa de anís… Rostros de niños en una ventana que nunca se abría, los altos balcones convertidos en reunión familiar; el huérfano reciente con la gorra de lado en la cima de un farol; el asombro continuo ante la comitiva que marchaba a pleno mediodía bajo polvo fantasmal y danzante.

Los campesinos miraban el espectáculo sombrero en mano y los ingenieros alemanes de la Compañía Minera observaban con la sonrisa de quien sorprende a un viejo conocido. Resonaba el tambor y el pífano revoloteaba en el aire, anidaba en los oídos, su trino provocaba carcajadas. Un carromato con caballos de buena alzada, decorados con arneses de campanillas, listones dorados y gualdas bastaba para provocar nuestro azoro. Al frente marchaba Antonio de Orsini con varios cuchillos en la diestra y en la siniestra un estilete con filo en la empuñadura. Sin previo aviso, arrojaba los cuchillos al vuelo con una mano y los atrapaba con la otra, sin soltar el estilete que antes había dado otro giro en el aire. Todos aplaudimos ante la demostración gratuita, adivinando que la función y la maravilla apenas daban comienzo.

Sobre la espalda de un joven rubio con ropa de arlequín colocaron un mediano barril, ya vacío de cerveza. Me pregunté si esa frágil espalda soportaría el peso cuando apareció la muchacha dando un salto inmortal y el joven se apartó, girando raudo el barril para que Florissa aterrizase en la otra tapa. En ese reducido espacio hizo piruetas y más piruetas zíngaras, que revelaban sus muslos y la rotunda firmeza de una grupa capaz de romper el ceñido traje. Ébano puro era la cascada de su cabello. Para conseguir esa cabellera, para poder sentir esa piel me sentí capaz de robar, incluso de matar, y eso lo confirmé cuando posó su mirada en la mía. Eso le dije al silencio que la envolvía. En ese tiempo la pasión y los ojos estaban encadenados: uno sólo podía verle las pantorrillas a una mujer cuando se arrodillaba en misa delante de uno y era una fracción apenas, ya que después de posarse en el reclinatorio, acomodaban de inmediato sus largas faldas para cubrirlas, casi siempre del mismo color que sus medias, volviendo el momento algo único que se atesoraba el resto de la semana.

—¿La viste? Con una hembra de ésas yo no me pondría los pantalones en una semana –anunció Mariano Leyva, uno de mis compañeros de la mesa de billar, asiduo también al burdel de Santa Rita.

Retumbó la voz del lanzador de cuchillos. La muchacha prosiguió su danza en lo alto del barril; el rubio arlequín se quitó el antifaz; el lanzador de cuchillos se petrificó y el tamborín aumentó su redoble. Entonces del carromato bajó un hombre de capa y barba afilada que empuñaba un violín como sí fuera un florete. Volví a escuchar la voz imperiosa de Antonio de Orsini, anunciando ahora la presencia del Gran Ludovico. No había duda que ése era el hombre más importante de la tropa. Junto a su cinturón, por unos segundos, brilló un revólver de plata.

—Pasado mañana… Sí, señores: pasado mañana esta mujer desafiará a la muerte frente a ustedes. No dejen de venir a la plaza para conocer el ataúd de Florissa. En él será encadenada y envuelta en llamas mientras intenta impedir que la Parca siegue su belleza. Usted podrá examinar el ataúd en busca de puertas falsas que no existen, y para convencerlos de la veracidad de este espectáculo, los invito a que traigan sus mejores cadenas y candados para sujetar a la invencible Florissa, la mejor escapista del continente americano. Vengan con sus candados y Florissa los vencerá con su poder sobrenatural. Ella es la gran sacerdotisa del escape y la única discípula de Houdini el Grande.

Así que Florissa era una escapista. Mientras aquel tipo pregonaba su próxima ejecución ella bailaba y esparcía su sonrisa.

Aunque no le presté mucha atención, comprendí que el hombre enumeraba una serie de espectáculos en que los sueños se hacían realidad, en que la magia y la muerte eran dominadas por sus artistas. El Gran Lorenzo Ludovico prometió revelar en público los misterios de los grandes poderes y desafiar a la muerte ante el asombro de cada uno de nosotros. Antonio de Orsini y sus prodigiosos cuchillos voladores demostrarían que eran capaces de acabar con una golondrina en el vuelo. Y también veríamos a Isadora Zizanha, la devoradora de cuchillos; a Shackleton, el sanador prodigioso, el divino comunicador de los vivos con los muertos… Al parecer, Shackleton era el rubio vestido de arlequín que a esas alturas ya no lucía nada contento de sostener el alegre barril.

Hacía semanas que el último circo había visitado este pueblo, con sus hombres mosca, los lanzadores de cuchillos, sus frenólogos y magnetizadores, o bien los fakires que dormían sobre vidrios y demás saltimbanquis que irrumpían en las plazas con toque y confidencia de cascabeles.

Julio era un buen mes para esta gente. No pasaba nada en el pueblo: el carnaval de Mazatlán y las fiestas del señor San José aún se vislumbraban lejanas. Ellos serían los dueños de la escena y podrían obtener su buen dinerito. Algo de rique-za flotaba aún.

—Cuando llegan los gitanos hay que esconder los niños y las pulseras –me dijo doña Catalina Monreal al verme con-templar a la tropa–. Ten cuidado hijo, que el demonio tiene cuerpo de mujer –añadió antes de alejarse con el misal en ristre, envuelta en el luto que siempre la distinguió.

La mirada de Florissa no volvió a encontrarse con la mía con el fogoso interés que había mostrado. Ahora se detenía en Julio Ayala, y se demoró más tiempo que conmigo. *Sí así ha de comportarse con todos* –pensé, secretamente heri-do–, *no tenía sentido soñar con esa ilusionista que se inclinaba ante aquel hablador con más monedas en el bolsillo que enten-dimiento en el cráneo.* Regresé al trabajo, a la realidad deteni-da, a la polvorienta oficina que aguardaba impaciente. Ése era mi destino.

A las dos horas de sudar, la tinta violeta de los escritos se trocó intolerable. Abandoné la oficina para refugiarme en el Mesón de los Ángeles y beber tres vasos de cerveza fría antes de largarme a casa y continuar allá el trabajo. Menos acalorado pasé a la oficina para llevarme los documentos fal-tantes y revisarlos en mi alcoba, donde la altura del segun-do piso prometía una noche de brisa a través del balcón. Mi casa estaba en una de las calles altas y la ventana daba a un baldío despoblado que concedía libre paso al viento. Subí la escalera y me encerré en el laberinto de los ingresos y egre-sos, sin imaginarme que había llegado la hora del milagro.

Primero fue un aleteo similar a un quejido, agitación de aves en fuga. Luego, la sensación de que alguien flotaba en la habitación y me miraba por la espalda. Busqué algún fan-tasma en la dorada soledad de la alcoba pero no había nadie.

El rumor de una tela insistía en toquetear mis oídos. No era mi imaginación; se escuchaba con claridad un bisbiseo y algo parecido a un glogloteo, una garganta de mujer que a duras penas contiene la risa. ¿Qué podría ser? Observé con atención y el prodigio franqueó la ventana.

Florissa subía y bajaba en el aire. Su cuerpo aparecía y volvía a desaparecer, la cabellera negra ondeando cual bandera de ejército invasor…

Ascendió con la falda hinchada por el viento y mostrando sus muslos, ahora sin medias.

Un instante de claridad.

Una segunda aparición, ahora de perfil, cruzada de brazos, el menudo pie posado sobre la rodilla.

Volvió a bajar, las manos abiertas, sus piernas formando un nudo.

Atónito, me puse de pie y ella volvió a surgir pero ahora de cabeza, las piernas cruzadas y las manos en actitud de bailarina de caja de música.

Su falda en el origen de los senos, sus bragas de encaje con flores pequeñísimas. Mi cordura a punto de arrojarse por la ventana.

Los artistas acampaban en el baldío vecino a mi casa y realizaban plácidamente sus prácticas. Florissa saltaba de una silla sostenida por una pértiga que, mayor prodigio aún, era sostenida por el muchacho flaquísimo, despojado del traje de arlequín. Ante el poco peso de la muchacha, la vara se doblaba impulsándola a los cielos con un ir y venir, ejecutando cabriolas a la altura de mi ventana. Me sentí como un ángel en una nube sitiada por la tentación. En ese tiempo uno veía la pantorrilla de una mujer sólo en el circo o al subir a uno de los tranvías en Mazatlán.

La muchacha subía y bajaba, sin escamotear audacias y sin apartar su rostro del mío. Guiñaba un ojo de repente; sacaba la lengua de granada madura; levantaba la pierna; exaltaba el nacimiento de sus muslos; una mano me enviaba un beso y lo dirigía con la palma extendida; la ceja izquierda alzada en la siguiente pirueta. Tenía que corresponderle de alguna manera y no encontré gestos. Debo haber dado una escena ridícula: una princesa volando y un muchacho boquiabierto, con tirantes y pluma en mano, observándola flotar y girar. Al que no le pareció divertido fue a Antonio de Orsini, quien se asomó descamisado junto al carromato, nos miró con ojos inyectados y le habló con el trueno añejo de su garganta:

—¡Florissa! Concéntrate en la práctica. ¡No te distraigas! Shackleton: levanta bien esa vara y tampoco te duermas.

Shackleton, ahora sin el sombrero de arlequín, revelaba un cabello corto como casquete sobre el rostro adormilado. Algo de herencia escocesa erizaba su nariz. Florissa irradiaba destellos y, luego de atraer mi atención, me indicó con un gesto que anhelaba dormir conmigo... O al menos así me pareció entender cuando unió sus palmas y las colocó contra una mejilla, para luego cerrar los ojos y quedar en espera de mi respuesta.

Pero en ese momento mi padre volvió a la casa y, por sus pasos ebrios en la escalera, tronantes como martillo de fabricante de grilletes, decidí que era mejor cerrar la ventana antes de que descubriese a la mujer voladora y se entregara a insultar a los artistas por invadirle el baldío, habiendo tantos en el pueblo o en el río, para ensuciarlo y robarse las cosas que los gitanos siempre pepenan a su paso por estos pueblos honrados, de gente trabajadora y noble como su propia familia. Además, seguramente venía a ajusticiarme por el abandono del trabajo. Cerré la ventana y el sonido de los cascabeles y la risa de Florissa rasgaron la superficie de la madera, los antiguos muros de la casa, hasta perderse bajo la letanía maléfica de mi padre, acrecentada por arte de su irritación y amargura, convertidas en la costumbre de todos los días.

Después de que Florissa dejó de saltar cerré la ventana pero no pude dejar de espiar por los visillos de madera. Así conocí las secretas actividades del campamento: Shackleton desenganchó los caballos y les dio de comer; una mujer rubia y gorda sacó de quién sabe dónde unas ollas mientras Orsini comenzó a armar una tienda y Florissa no dejó de revolotear por el sitio prodigando maravillas. Acomodaba aquí, sacaba un costal allá, sacudía un vestido de reina remendado, le jalaba el pelo a la rubia o picaba a su paso las costillas de Shackleton, todo ello entre saltos, una que otra pirueta o improvisados pasos de baile. El vuelo de su falda me permitía una visión generosa, mientras Orsini la ignoraba con rostro adusto. Algún día supe que mantenerse en ese estado de gracia era parte fundamental de su entrenamiento. Yo me preguntaba: ¿era su padre Antonio de Orsini? ¿Era su patrón y también su amante, como suele suceder en esos casos?

Al anochecer tomaron asiento en sus tapetes fuera de la tienda y la fogata de madera de encino perfumó el interior de mi estancia. El campamento recordaba la estampa bíblica de La Huida a Egipto. Yo los miré largo rato hasta que mi madre me llamó para la cena, donde mi padre ya reiniciaba su cantaleta de mala fortuna mientras ella servía sin atrever la menor palabra. Me descubrí cansado de sentarme tantos años en la misma mesa, ante la eterna queja, y fue esa noche cuando me percaté de lo previsible y desesperado de mi rutina.

Fue difícil serenarme. Había transcurrido la tarde atrapado en los números, sin pensar en ellos, y no me animé a salir a la calle por temor a encontrarme con la ninfa que trazaba piruetas en los cielos. Además del miedo a la mujer, emergían otros terrores. Aún respetaba a mi padre, y a pesar de que antes me sentí capaz de quebrantar cualquier regla para conseguir a aquella mujer, ahora, cuando la posibilidad del encuentro con la carne se adivinaba más segura, un inoportuno pavor invadía mis venas.

Mi padre enlistaba sus catástrofes y mamá lo escuchaba sin abandonar el quehacer. El tema era el mismo: cómo gracias a una mala jugada del destino había tenido que vender su casa en Mazatlán, perder su tienda, verse obligado a vivir en este pueblo donde ya teníamos cuatro años atrapados. Aunque aseguraba que sobrevivíamos con el dinero que le daban como consejero en diversos negocios, en realidad lo que nos permitía comer era el empleo que obtuve por caridad. Su labor como consejero no era más que unas largas parrafadas ante los dueños del dinero, que le daban generosas monedas en recuerdo de otros tiempos. Al final mi padre invocaba con elegancia la mala jugada de la vida que desapareció la herencia de mi madre, luego de varias e impresionantes sesiones de juegos de azar.

Yo también vivía harto de San José, pueblo sin otra vida que el billar y la Compañía Minera Valcorba, el rumor de sus escribientes, el silencio de las balanzas y la caja fuerte en la esquina de la oficina. Ya ni siquiera bajaban los bandidos. Por eso fue grato escucharlo vociferar contra los gitanos; aliviaba verlo cambiar de tema. El viejo ardía molesto porque habían tomado el baldío junto a la pensión y eso significaba mil cosas: basura, mal olor, mierda detrás del muro derruido, ruido de guitarras, botellazos por las noches, por no hablar de algún individuo apuñalado durante la madrugada. A su partida dejarían todo hecho un asco y, si mi madre se descuidaba, más de un objeto se perdería en nuestra casa.

—Amalia: de ahora en adelante no quiero que tiendas las sábanas en los balcones como es tu costumbre. En cualquier momento les pueden salir alas. Ten mucho cuidado con las puertas… Abraham: pásame la botella de mezcal. Vete a tu cuarto, que quiero hablar con tu madre.

Mi padre exageraba. No era una tribu de húngaros con violines y acordeones trepidantes. Tal como descubrí por la tarde, apenas eran más de cinco personas: Florissa y el que podría ser su padre, Lorenzo Ludovico, Shackleton y una mujer rubia y gorda con una verruga junto a la nariz.

Esa noche, a la hora imperceptible en que uno despierta de las pesadillas, sentí el movimiento de la criatura entre las sábanas, su respiración de leona, sus manos recorriendo mis hombros. Florissa estaba en el lecho conmigo. Una mano experta me cubrió la boca para evitar cualquier exclamación y montó sobre mí como amazona mientras me devoraba el rostro, sin quitar la mano de mis labios. Era algo distinto a lo que antes, pobremente, había conocido en los burdeles de Santa Rita. Un olor de almaviva surgió de su pecho cuando levanté su falda y descubrí que estaba acaballada sobre mí sin ropa interior, abrí más sus ancas, y, con gesto airado, se arrancó la blusa para descubrir el blanco fantasmal de sus senos. Me pregunté cómo había podido entrar a la casa sin descubrirse. Yo no sabía entonces que a las escapistas y a las ladronas no hay cerradura que las detenga.

Desapareció del mismo modo que entró: como agua entre los dedos. Tan pronto terminó de arrancarme el placer se apartó de inmediato y salió de la habitación con agilidad felina mientras yo continuaba aturdido por la descarga. Húmeda y palpitante, sentí que la noche de la serranía, ahora más inmensa dentro de mi cuarto, había olvidado su vocación de insensible para dejar un ambiente tibio, acezante como la respiración de un gato montés.

Ya no volví a dormir. Lo acontecido me dejó con la sensación de algo irremediable, de una aparición que torcía todo lo vivido como si un hada neblinosa hubiese entrado a la habitación, arrojando puñados de sal que al aire se convirtiesen en ruiseñores. Comenzaron a cantar los gallos a cada hora, como reza la leyenda, y las horas se deslizaron mientras yo no dejaba de moverme a lo largo del lecho. Vigas y tejas se poblaron de pequeños puntos de luz; un caballo relinchó en el potrero vecino; afuera la claridad del sol doraba las cosas y les arrancaba el manto azulino que dejaron los dedos de la madrugada.

Hasta el día parecía diferente. Supe que jamás sería el mismo después de tal escaramuza, oficiada a la velocidad del relámpago y con la destreza de una cobra.

Mɪ ᴍᴀᴅʀᴇ ᴇɴᴛʀó ᴄᴏɴ ᴍɪ ᴄᴀᴍɪsᴀ ᴘʟᴀɴᴄʜᴀᴅᴀ ᴍɪᴇɴᴛʀᴀs yo ocultaba mi desnudez:

—Este cuarto huele a albahaca. Parece que aquí se escondió una gitana.

Lo dijo con tono neutral, como el que usaba cuando tenía una idea disparatada, y hasta ese momento pensé que tal vez, cuando aventuraba esas frases extrañas no siempre se encontraba lejos de la realidad. Le sonreí para que no sospechase y salí rumbo a la Compañía Minera con Florissa revoloteando en mi memoria, el recuerdo de su piel oculto en mis dedos, a pesar del agua y el jabón de la palangana. Traté de no mostrarme muy alegre para que mi madre no atara el menor cabo y sacara a relucir su clarividencia innata.

Poco antes del mediodía se instaló una especie de tertulia entre los escritorios para comentar la llegada de la misteriosa escapista, la rotundez de sus muslos, sus pasos de baile y voz de alondra. Guardé silencio, aunque por dentro me moría por confesar el milagro nocturno. Mientras se arremolinaban en el suelo para fumar a escondidas, me di cuenta de que ya era diferente a ellos. Sin embargo, cuando entró la señora que venía a vendernos bocadillos, una noticia misteriosa se hizo presente: los gitanos habían robado un niño muerto en un poblado de la sierra y traían el cuerpo con ellos.

Sí, en vez de robar un niño vivo, como era su costumbre, habían hurtado un cadáver para emplearlo en quién sabe qué brujerías y sortilegios. Ella juraba haberlo visto. Aseguraba que la mujer rubia tenía en su poder el pequeño ataúd y que había visto a uno de ellos en el cementerio, vestido con ropas extrañas… La reunión se clausuró cuando resonó la campanilla de la puerta de entrada y don Gervasio, vestido con su encorvada levita y su sombrero fúnebre, atravesó la puerta como digno emisario del silencio.

A la hora de comer no dejé de atisbar por la ventana. No había señales de Florissa y eso me preocupó. En cambio descubrí a Antonio de Orsini practicar con la disciplina que deben tener los de su oficio. En el muro semiderruido, una tabla con una vaga silueta femenina recibía en sus límites uno a uno el golpeteo de sus puñales relampagueantes. Con expresión concentrada, como si fuera la primera vez que practicara esa suerte, Orsini lanzaba una a una sus herramientas a fin de verlas incrustarse en la tabla receptora.

Por lo visto, la mujer gorda era la encargada de la comida y demás cosas que formaban parte de la actividad doméstica, aunque imaginé que alguna función adicional tendría dentro del espectáculo.

Un gato terminó de dormitar. Miré largo rato sus pasos medidos en el exterior, cómo arañaba con sus garras la tierra, cómo se dirigía al interior de la tienda con la parsimonia de su raza. Se posó en un baúl con toda elegancia, se deslizó sobre una sábana y, gracias a su danza involuntaria, descubrí que se disponía a descansar dentro de un pequeño ataúd que me había pasado inadvertido. Era blanco y lo recubrían enormes adornos que parecían provenir de una horripilante repostería. Por el tamaño apenas podría contener a un niño de cuatro años. El gato ya se adormilaba cuando una sorpresiva Florissa surgió del interior de la tienda y, con mano de ama y señora, ahuyentó al felino y cubrió el ataúd con la sábana, como quien clausura una tumba egipcia cuyo secreto ha sido desvalijado por los siglos.

ELLOS NO FUERON LOS PRIMEROS MAGOS EN LLEGAR A LA ciudad. Mi abuelo paterno recordaba con alegría los años en que toda variante de la humanidad aparecía embrujada por la plata, y las damas del pueblo se quejaban de las mujeres públicas, jacarandosa plaga que recalaba entre nosotros a cada nueva bonanza, salpicando las calles de perfumes y gestos felinos ante la mirada falsamente distraída de los hombres. Mi abuelo les daba la bienvenida apenas salía de la misa del domingo, sin importarle que el sacerdote marchara a su lado, luego de fulminar puntualmente el pecado desde el púlpito. El bullicio y la vanidad hacían hervir el pueblo… Ahora tenemos más muertos que vivos y los que caminan por las calles no parecen ser gente de este mundo.

Yo soy uno de ellos. Luego del descenso de la minería, último clavo caído sobre el ataúd de nuestra riqueza, la vida aquí es larga e interminable. Hay más gente cobijada en los panteones que en las casas. En aquellos tiempos había más magia que muerte en las calles. Muchos recién llegados aparecían para trabajar en las minas, fueran comerciantes de renombre o arrieros errantes que arribaron para probar fortuna. Una fiesta permanente se vivía y la plata resonaba en los platillos de las balanzas y en el mostrador de las tiendas, cuando no circulaba en las mesas de juego. Y en este bullir de vida las mujeres transformaban la plata en la vida real.

Mi abuelo solía contarnos de aquellos años, pero más que la bonanza y el bullir incesante de los viajeros, lo que recordaba con asombro era la llegada de un mago que sorprendió con sus poderes, capaces de derrotar a la muerte y la incredulidad de los vivos.

En aquellos tiempos era común toparse con tropas de aventureros que llegaban a cualquier sitio donde hubiese gente, dinero y credulidad. *Donde hay putas no hay hambre*, decía mi abuelo, *y adonde llega un mago callejero también aparece un carterista*. Aparecían desde circos de carpa remendada hasta hombres solitarios que escalaban sin ninguna ayuda las torres de la iglesia, frenólogos que veían el futuro en la orografía del cráneo, magnetizadores capaces de espantar cualquier amenaza, incluida la de mal de ojo y, de vez en cuando, un carromato lleno de fenómenos, gitanos que realizaban danzas agrestes en torno a una fogata o el fakir que dormitaba su tranquila siesta de clavos en medio de la plaza, ante el pavor de los niños y el pudoroso pañuelo sobre el rostro de las mujeres.

Con tanto ir y venir, las epidemias no eran extrañas. Incluso la fiebre negra llegó a mi pueblo y blandió su látigo purulento. Miles de ratas muertas aparecieron en las calles, lo cual, según la maldición bíblica señala el paso del judío errante por el empedrado silencioso. Las ratas, los ayes por la noche, el rezo aterrorizado, los muertos sepultados de prisa, las fogatas para arrojar la pestilencia con el humo. Pero aquella enfermedad no se marchaba. Las campanas resonaban con cansada nota y los soldados disparaban una pieza de artillería a cada hora para espantar la pestilencia. *Dolente, Dolore…*

Angustiados, con las puertas tapiadas y sin mayores defensas que las divinas, los pobladores no veían llegar la hora de la calma. Los rezos fueron la única artillería efectiva contra la maldición. Aunque mi padre era un niño cuando eso ocurrió, aún recordaba las calles desoladas, las leyendas de los extraños sucesos que se daban en el lazareto, aquella desesperación que no encontraba límite. Hasta que una mañana apareció un forastero por la calle principal, ignorando la bandera amarilla que en lo alto de la iglesia avisaba de la maldición.

El hombre no estaba ciego: sólo le faltaba un ojo. Venía con una mula parda cargada de sacos y usaba un bordón de madera con la cabeza de una serpiente tallada en lo alto. Con ese bastón tocó varias puertas donde se negaron a abrirle.

Don Rosendo Cáceres salió a recibirlo creyendo que era un enterrador. Había sepultado dos días antes a su nieta y uno de sus sobrinos pronto moriría. Él mismo, seis días atrás, había sobrevivido a la epidemia, por lo que ya podía darse el lujo de salir a la calle, abrir las puertas de su ahora inútil taller de herrería, y enfrentar al hombre alto y de barba salpicada de canas que lo miraba con ojos macilentos. Pensó que era un pedigüeño, mas el tono solemne de su voz le infundió respeto en cuanto lo escuchó hablar.

—Pero ¿qué es lo que ha acontecido por aquí, buen hombre? Todo parece ser una desgracia. ¿Qué sucede?

Don Rosendo le explicó el drama de la peste negra. La maldición apoderada de un pueblo donde la riqueza y la fiesta se creyeron eternas. Le contó que ahora todos se lamentaban de su vida pecaminosa y el desenfreno con que dilapidaban las ganancias del mineral, hasta que el maligno colocó su pezuña sulfurosa en la vida de todos. El hombre de la barba le dijo que con fe en esta vida todo tenía un remedio y con gusto podría ayudarle a mitigar su dolor. Si don Rosendo le ayudaba, podría pagarle muy bien. Ya después el pueblo encontraría el modo de recompensar sus servicios.

Ante la luz del mediodía y la blanca cal de las fachadas, la visión del forastero era más la de un mendigo que de un enviado de la divina providencia. Por un momento don Rosendo se preguntó si el recién llegado no sería el demonio en persona que venía a regodearse con su obra, pero se tranquilizó al descubrir que el visitante portaba un crucifijo en el pecho, sujeto con una correa ennegrecida de sudor y polvo. Hasta después cayó en cuenta de que la imagen de Jesucristo llevaba un segundo barrote adicional, sesgado como una lanza, bajo los brazos implorantes. Nunca había visto algo parecido y muchos años después lo reconoció en un grabado oriental.

—Tenga estas monedas. Le diré lo que debe hacer.

Don Rosendo no lo pensó dos veces. En medio de la enfermedad, ni los hombres más temerosos habían dejado de aceptar cualquier trabajo por arriesgado que fuera. Los días de la muerte habían acabado con la fortuna de todos y nadie dudaba en hacer lo necesario para ganarse unos centavos o un trozo de pan viejo. Las medicinas y los alimentos eran más escasos que nunca. Para don Rosendo Cáceres no fue difícil volverse un servidor del demonio.

—Necesito que me consiga un perro bravo. Pero no cualquier perro. Debe ser el más bravo de todos y, si es de color negro, todo resultará mucho mejor. Vaya, corra.

Don Rosendo aceptó. La familia Villasana había muerto dos días atrás y su perro Barrabás vagaba por los callejones.

Con una soga podría atraparlo y dárselo al forastero para que hiciese cualquier locura a cambio de esas monedas necesarias. No tardó ni una hora en presentárselo al forastero, que aún seguía frente a su casa.

— Muy bien. Traiga mañana ese animal. Veo que tiene manos de artesano y he visto su taller. ¿Sabe usted trabajar el hierro? Una jaula para aprisionarlo sería lo mejor. Deme esas dos cosas y podremos salvar su pueblo de esta epidemia. Dígame nada más en cual de estas casas abandonadas podré quedarme a dormir.

El resto fue alucinante. El forastero fue con el matancero y le pidió varios huesos de carnero y de res. Encerró al perro Barrabás en la jaula y lo colocó en el centro de la plaza. Suplicó rezar. Cerró el candado de la puerta, alimentó al animal con los huesos y pidió que nadie se acercara a la bestia; él mismo se mantuvo cerca para evitarlo. No le dio de comer mayor alimento que los huesos: la bestia los roía con furia retorciéndose entre los barrotes. Acampó en torno a la jaula y por la noche una fogata le alejaba el frío e iluminaba al perro estremecido en su jaula, royendo una y mil veces los huesos con su colmillos amarillentos. Una mañana se cayó su sombrero de alas cortas y descubrieron que sobre su larga barba ocultaba un cráneo sin ninguna mata de cabello, el cual cubrió de inmediato. Al tercer día sacó los fragmentos de hueso que quedaban y mató al perro con una daga.

Tomó los huesos y los molió uno a uno, mezclando el polvo con un poco de la sangre del animal y salmodiando unas breves palabrejas. A diferencia de otros iluminados que recalaban por estos rumbos, no hacía alarde de sus movimientos ni pidió colecta por sus servicios, así que lo dejaron trabajar mientras no molestara a nadie. El polvo y la sangre fueron mezclados en un gran frasco de metal, el cual tenía tapa propia y allí arrojó otros ingredientes que bien podrían ser ceniza pompeyana o parte del horno de barro que estaba a la entrada del pueblo. Un niño que había sobrevivido a la enfermedad miró todo de cerca y el forastero le comentó, así como al descuido, que añadiría sangre de siete aves nocturnas. Cubrió el frasco con un trapo negro y lo dejó sobre una mesa todo la mañana hasta que, al llegar al mediodía lo retiró, justo antes de que resonara la primera campanada del Ángelus. Entonces comenzó a tocar las puertas.

Al principio nadie se animó a probar el bebedizo. No era un secreto de donde lo había sacado. Existía el rumor de que los medicamentos enviados desde el puerto habían sido envenenados por los médicos a fin de acabar de golpe con la epidemia. Pero en la cima de la desesperación y cercados por el desamparo no faltó quien aceptó probar la pócima como último recurso. Si uno iba a morir, era mejor hacerlo sin llevarse a la tumba la atroz duda de haber dejado la salvación de lado por un tonto prejuicio.

Sanaron. La bebida era prodigiosa. Todos bebieron de la poción y se les colocó en la frente un pañuelo impregnado con el líquido. Descendía la fiebre, las manos ya no temblaban, el color regresaba a los rostros. Sí, eso era la salvación: algo sobrenatural. Hubo gente que quiso comprar alguna cantidad para enfermedades futuras, pero el forastero se negó. Alcanzaría para todos; él no se marcharía hasta terminar con esa maldición que era su enemigo personal. Su trabajo era hacer el bien y acabar con el mal. En menos de una semana lo logró.

Pero sí dejó un regalo para don Rosendo. Un tratado de minería. Pero no era cualquier tratado: era un manual de mineralogía fantástica, que desapareció. Parece ser que la casa Valcorba guardó el ejemplar como una curiosidad arcaica que ni siquiera yo encontré en mi época de escribiente.

Todo el pueblo lo honró. Recibió muchos regalos y piezas de oro que nadie supo de donde aparecieron; cuando el sacerdote, poco antes de morir, había clamado por una colecta para traer medicamentos de fuera, los hombres de dinero alegaron haber perdido ya su riqueza. Ahora la lluvia de tributos cubrió al viajero que, antes de marcharse, arrojó el frasco de metal a una barranca y, según los testigos furtivos, estalló en una sola llamarada antes de estrellarse contra los peñascos del fondo. La mula torva y el bordón en alto fue lo último que le vieron antes de perderse entre los senderos. Antes de irse, en lo alto de uno de los cerros, comenzó a tocar un violín negro que nadie recordaba haberle visto.

Ése fue el primer mago que llegó y cambió la vida de mi pueblo. Todo fue diferente desde entonces. Mi abuelo recordaba en sus charlas a ese prodigioso forastero y mi padre, que era un niño entonces, guardaba silencio al escuchar el comentario y volvía la cabeza a otro sitio.

El segundo mago que apareció por este pueblo cambió mi vida por completo. Y es que con ese mago apareció Florissa.

La función del día siguiente, a las cuatro de las tarde, fue recibida con cierto resquemor y maligna curiosidad. El rumor del ataúd de un niño robado en la ciudad de Durango ya era una realidad, aunque a nadie comenté mi casual hallazgo. La gente se arremolinaba en torno a la plaza en espera de la aparición de la tropa. Yo acechaba en compañía de los tres muchachos de la Compañía Minera y de Mariano Leyva, el hombre que no se pondría pantalones en varios días en caso de toparse con Florissa. Con el mismo alborozo aguardamos la aparición de la fantasmal hembra y no vimos nada. Sólo a la mujer gorda, convertida en un eco de simpatía, que ante nosotros sacó el pequeño ataúd. Un muñeco de ventrílocuo, simpático y de risa hilarante, compartió oportunas noticias de un pueblo rival a cuyos habitantes hemos dado fama de imbéciles. No fue la única decepción. Supe que la función se canceló porque mi padre había externado una queja y el resto de la tropa desalojó el baldío vecino a mi casa. Ahora acampaban junto a las minas abandonadas, cerca de un socavón que la Compañía pronto dinamitaría en busca de mayores riquezas.

MI MADRE TRABAJÓ DE NIÑA EN LA BÚSQUEDA DE GUIJARROS de oro con mi abuelo. Éste era un gambusino de robusta voluntad que al toparse con una veta importante llevaba a su familia a acampar con él entre los cerros, hasta agotar el sitio y dejar sólo la huella de sus excavaciones. Varios de mis tíos nacieron entre veredas y cañadas, aunque sus actas de nacimiento afirman que nacieron en mi pueblo, todo para evitarles conflictos a la hora de solicitar terrenos de labranza a las autoridades.

Los recuerdos de mi madre están regados por aquellos arroyos donde, casi como juego, ella y sus hermanos tomaban una vasija de aluminio y lavaban el lecho terroso hasta vislumbrar el minúsculo oro de las montañas. Desde entonces mamá aprendió las virtudes de la paciencia y a desconfiar de los recién llegados. No despreciaba a los gitanos en sí. Sólo nos advirtió a la hora de cenar que una especie diferente había aparecido en el pueblo: la estirpe de los falsos gitanos.

—Conocí a muchos húngaros en la época de tu abuelo –así se refería a los años de errancia– y nunca nos robaron. Éstos que llegaron son peores que el gitano más sinvergüenza. Son falsos gitanos. Obsérvalos bien. Ninguno ha ofrecido leernos las manos o tirar las cartas. Vienen a otra cosa. Algo buscan y no es sólo dinero. Entre ellos no se hablan en su dialecto como hacen los verdaderos gitanos.

Me sirvió más café. Quizás adivinaba que la magia de Florissa aún daba piruetas en mi mente. Tomó asiento frente a mí y bajó la llama del quinqué, algo que nunca hacía porque nuestras conversaciones se desarrollaban conmigo estático y ella trajinando a mi derredor.

—Una falsa gitana años atrás llegó a nuestro campamento, por los rumbos del Arco. Nadie sospechó que fuese mentirosa. Nunca nos tomó de la mano para saber el futuro. Y todas las verdaderas gitanas empiezan por querer saber el futuro. Nunca se meten con tu vida si no se los pides porque deben esquivar a cualquier persona que lleve una malasombra.

De todos los campamentos que tuvo mi abuelo, El Arco fue lo más parecido a un hogar, antes de que se rindiera a las montañas y se entregara al oficio de la carpintería. Los últimos años de escasez, más un derrumbe que le lastimó fuertemente la columna, acabaron por convencerle. El Arco había sido una veta larga frente a un arroyo y el oro aparecía entre las aguas o excavando en una pequeña cueva bajo el farallón. Como buen jugador y gambusino, el abuelo a veces «vivía arriba» y a veces «vivía abajo», según capricho de hados y dados de la suerte. Esa vez contrató a varios ayudantes: siete hombres con sus familias acamparon frente a la boca de la productiva mina. Junto al arroyo armaron una *tauna*, una especie de rueda de madera usada para moler el mineral, equipada con molinetes y peldaños. Cuando el trabajo desaparecía, mi madre y mis tíos, entonces unos niños, subían a ella y la hacían girar como carrusel para divertirse ante la puesta del sol.

—Esa falsa gitana llegó al campamento un día que jugábamos como siempre. Su tropa la esperaba en un claro del bosque y ella sólo fue a echarnos la maldición. El abuelo, que era un hombre de trabajo, no quería saber de su futuro, pero la mujer insistió sin tocarle la mano, ya que veía en él un gran cantidad de riqueza a su alcance, ingeniosamente oculta donde muy pocos podrían llegar, salvo él mismo con su astucia y conocimientos. Y ese don no estaba en esa mina. Le confió a tu abuelo que el oro acechaba más abajo, en un sitio donde los hombres pasaban a diario y sólo él con su sagacidad lo descubriría. No le creyó, ni ella le pidió dinero, pero al día siguiente, al marchar al pueblo para comprar bastimento, sucedió algo que le hizo abandonar aquella mina y dilapidar los ahorros de varios años por los caminos: todo por una veta que nadie ha encontrado ni encontrará en esas montañas.

El resto era un largo rosario de lamentos que yo memoricé desde niño, pero hasta la llegada de Florissa supe que emanaban del paso de una gitana como ella. El abuelo se había sentado a descansar a la sombra de un laurel, sobre una roca que los caminantes usaban como asiento, en medio del asfixiado valle que separaba el campamento del pueblo vecino. Él, con sus ojos de minero insistente, analizó la base de la roca y, de un golpe con el canto de su machete, arrancó una pepita de oro más grande que un puño. Era algo inusual: el oro nunca se encuentra en ese tamaño. Casi todo lo que se extrae no pasa de minúsculos fragmentos, menores a los que llenan un diente. Para extraer una cantidad como la que él descubrió sería necesario remover varias toneladas de tierra, molidas pacientemente, hasta encontrar un tímido destello entre los guijarros que luego el mercurio unifica en polvo sin fulgor. El oro y los diamantes no brillan cuando se les encuentra.

Nadie creía el prodigio. Varios hombres del pueblo revisaron la piedra. Y en efecto, al raspar la roca pudieron rescatar un poco más del mineral amarillo, lo suficiente para corroborar la leyenda que apenas nacía. Porque lo que aconteció fue que mi abuelo no se llenó con esa pepita: un golpe de suerte así, para alguien que peregrinara varios años por las laderas, esquivando bandidos, mujeres rencorosas y la mala fortuna, no podía ser menospreciado. La voz de la gitana se encendió con la verdad.

La roca del camino había caído desde lo alto de alguno de los cerros vecinos y ahí, en una de aquellas cumbres, aguardaba la veta madre de ese peñasco, en espera de que algún gambusino sabio la encontrase pronto para enriquecerse. Podría ser una veta más prodigiosa que La Valenciana en Guanajuato. Y mi abuelo abandonó todo: una familia hambrienta, una veta segura pero difícil y, con dos mulas y una paciencia a toda prueba, marchó a buscar esa montaña. Cedió el derecho de la mina a los desconcertados trabajadores, que supieron hacerla rendir como él.

Dilatados meses vivimos duramente por culpa de esa gitana, contaba mi madre, mi padre nunca encontró ese oro y creo que la gitana se quedó con lo que él llevaba. Lo engatusó y lo dejó sin blanca. Después tuvo ese accidente y ya no pudo volver a montar. Pasó el fin de su vida muy triste entre las virutas y el aserrín, imaginándose que eran oro en polvo, pero el único oro que volvió a ver fue el de las barajas. Él me decía que yo era su reina de oros, pero yo siempre recordaba los años en el río y las cuevas como si mi vida fuese la de una emperatriz de los guijarros.

*

Al día siguiente fui a espiar el campamento de los gitanos. Era demasiada la curiosidad. Vi a Antonio de Orsini, con un puñado de cuchillos en la mano. El tipo practicaba con furia contra la silueta de la princesa de los aires y los cuchillos se posaban muy cerca de la línea del contorno. Necesitaba saber si era su mujer. En esos tiempos era común ver parejas con gran diferencia de edades. ¿Se atrevería un hombre a lanzar puñales a gran velocidad contra su hija, sin pensar por un momento que la más leve brisa, o una semana más de vejez, podrían cambiar la trayectoria de los proyectiles y, de paso, la vida ajena?

Me marché del campamento porque Florissa no aparecía. Deseaba volver a verla pero no sólo eso: quería la repetición del gesto invitador, porque ahora sí estaba dispuesto a seguirla aunque tuviese que dar un salto al vacío.

Volvía a mi trabajo con una hora de retraso por calles desoladas, cuando escuché salir una voz de un callejón.

Shackleton, el hombre rubio, ahora sin el traje de arlequín, se hallaba frente a una mesa de tijera, cubierta de objetos intrigantes, los cuales describía paso a paso con el mismo entusiasmo de Adán al momento de nombrar a las criaturas en el primer día de la Creación. Su acento era algo áspero en las consonantes.

—¡Todo aquí es magia y maravilla! ¡Grandes milagros surgidos con el poder del maestro Lorenzo Ludovico, señores! Talismanes genuinos para atraer el bien y esencias del buen augurio. Herraduras encontradas en los caminos más solitarios del mundo, listas para la bienaventuranza. Una cuerda de ahorcado para la buena suerte y raíces de mandrágora con forma del hombre o de la mujer amada. ¡Todo lo que viene por única vez a este pueblo hoy puede quedarse! En esta esquina de la mesa tengo un fino clavo, perteneciente a la herradura de un caballo ganador de siete carreras y tres guerras santas. En esta otra, una bolsa con polvo de rinoceronte que compite contra prodigios como la piedra lincita, la única que surge de la orina del lince y puede alejar a los demonios pantagruélicos. Pero para gente más mundana, más cercana al ruido y la vanidad del mundo, ofrezco hoy esta hermosa navaja, bien templada y firme, hecha a mano en Toledo y robada a mano en Cádiz. No se pierda esta oportunidad. Tómela entre sus dedos.

Eso último lo añadió al ver que yo era el único que se detenía a escuchar su aria matutina. Nadie se demoraba en su tendido. Tampoco era necesario que repitiera la consabida frase de *atrasito de la raya porque estamos trabajando…* Sonrió con desgano y acercó la navaja a su rostro como si quisiera mesmerizarme. Le comenté que en este pueblo eran tan comunes las visitas de los merolicos que ya nadie reparaba en los que aparecían, a pesar de venir escoltado por el Gran Lorenzo Ludovico y la etérea Florissa.

—No importa. Nadie compra en los pueblos chicos estas cosas delante de los demás. Tan sólo anuncio la mercancía. La venta de los objetos tontos se da después de los actos de magia, cuando nos pierden la desconfianza un poco. Durante los días que estaremos aquí, la gente se acercará con discreción para comprar a hurtadillas lo que hoy grito y aquello que no anuncio. Las pomadas abortivas y el veneno de tigre para la virilidad son lo que mejor se vende…

Vaya. O sea que estarían varios días en mi pueblo, el repertorio no culminaba esa noche. Shackleton el prodigioso sería el maestro de ceremonias que anunciaría al gran Antonio de Orsini, la celestial Florissa y el imperturbable Lorenzo Ludovico. En cualquier momento la magistral Isadora Zizanha haría su sensual acto que consistía en devorar espadas de acero templado. Por su delgadez Shackleton parecía de mi edad, pero al verlo de cerca descubrí que su rostro lucía marcado por gruesas arrugas alrededor de los ojos, así como una cicatriz recta a un costado de la frente, como si alguno de los puñales de Antonio de Orsini se hubiese desviado del camino, algún tiempo atrás. Me atreví a preguntárselo.

—No —me explicó de inmediato—: nunca he sido parte del espectáculo de Antonio de Orsini. Él sólo actúa con Florissa. Este puñal me lo lanzó el viejo cuando quise meterme a la tienda de campaña de La novia de Houdini. Por poco y deja mi cráneo clavado a un árbol. Estoy seguro de que falló a propósito. Acompáñame para que lo conozcas.

Pensé decirle que era necesario ir a mi trabajo y caí en cuenta de lo excesivo de la tardanza. Qué diablos, no había nada como ir a ese campamento, acompañando a uno de los prodigiosos, y bajamos por la vereda, cerca del antiguo camino de minas, para conocer a Antonio de Orsini y a la celestial Florissa. Mucho después descubrí que una de las obligaciones de Shackleton era hacerse amigo del primer tonto que encontrara en cada pueblo para sacarle la información necesaria para realizar su acto.

—Orsini ha terminado de practicar. Mira cómo deja la tabla.

Había dos carromatos más, algo traqueteados por los malos caminos de mi provincia. Habían llegado otros artistas de la compañía. Sobre los vehículos colocaban lonas que aleteaban con el viento y grandes tapetes a la sombra de éstas, así como decenas de objetos seleccionados con el criterio de una tienda de antigüedades. Varios de ellos habían sido cubiertos con mantas rojas y la mayoría de las cajas eran de color azul. Junto al carromato más pequeño, una tienda del mismo tono de azul permanecía con las cortinas cerradas, a pesar del calor que comenzaba a posarse en nuestras frentes. Era la tienda del mago Lorenzo Ludovico. Orsini se acercó al verme con Shackleton.

—Maestro Antonio: él es el nuevo voluntario para el acto de esta noche. ¿No es demasiado delgado para la tabla? –Shackleton me asustó con el chiste, que resultó ser la clave de rigor para ganarse la simpatía del primer despistado del pueblo.

Antonio de Orsini, esposo, tío o padre de la celestial Florissa, me miró como si hubiera tomado en serio la broma de Shackleton y estuviera a punto de lanzarme una de sus dagas. Me pareció mucho más alto y adusto de cerca, y noté que las bolsas laterales de su chalequín se encontraban llenas de cuchillos.

—Nadie es lo suficiente delgado para un puñal… No será necesario. Hoy en la noche no morirá nadie porque empezaremos con los maromeros y perros amaestrados de Lucca. Necesitamos ganar la simpatía de los niños para el gran acto de Florissa en la mina. Y al final Shack ofrecerá sus dotes de mediador con los muertos. No deje de asistir, joven, ¿cómo se llama?

—Abraham, señor mago –musité torpemente.

—No –me respondió terminante–: yo no soy mago. El único mago verdadero es el maestro Lorenzo Ludovico. Dile a la gente del pueblo que baje mañana a mediodía a la mina para que vean a Florissa escapar de las aguas del socavón.

Ya sé que ahí murió hace años un primo tuyo. Florissa escapará de su ataúd mágico en medio de las aguas, luego de que dinamiten la nueva área de excavación de la mina. Ve y díselo a tu gente. Pueden traer sus cadenas y candados para comprobar la grandeza del escape.

Su voz, cortante como golpes de hacha, no era del todo desagradable. Caracoleó un estilete y lo ocultó en una muñequera de cuero.

—Acompáñalo de regreso, Shackleton, nadie puede ver los ensayos. Ni tú tampoco, que eres demasiado bueno para contar historias. Quizás algún día –añadió al tiempo que fijaba en mí una mirada diferente– tú podrás tener un oficio como el nuestro. Necesitaremos pronto un ayudante con ánimos de aprendiz. Para ser un hombre libre son necesarias imaginación y una mente ágil. Piénsalo.

Me despedí sin ver a Florissa. Shackleton persiguió en el camino a una ardilla traviesa que llegó hasta el muro del cementerio. Entramos en su busca y, al ver que mis ojos se fijaban en una tumba, me preguntó si tenía ahí familiares. Así, con sólo preguntar ciertos detalles de algunas tumbas se enteró de los muertos recientes y sus lazos familiares con los vivos. Parecía una conversación tan casual que no caí en cuenta de que mi información sería utilizada más tarde para desvalijar con calma a los crédulos habitantes de mi pueblo, sorprendidos de que un forastero conociese con tanta certidumbre los nombres e incidencias de sus muertos, así como sus voluntades futuras. Los que vivimos en un pueblo tenemos una gran necesidad de comunicarle todo a la gente que viene del mundo real, el cual creemos similar al nuestro.

La manera más fácil de descubrir un secreto es contar otro. En el cementerio, Shackleton me compartió detalles de sus aventuras en lejanas ciudades y pueblos vecinos. Su charla iba y venía alrededor de la figura del legendario maestro Ludovico, cuya aura se me volvió tan fascinante como la propia Florissa a medida que me enteraba más de sus misterios.

Lorenzo Ludovico había sido un mago temido y respetado a nivel internacional. Pocos lo sabían, pero en el forro de su violín guardaba cartas y documentos que confirmaban relaciones cercanas con Harry Houdini, Rodolfo Valentino, la Condesa de Noailles, Oistrakh el violinista y la familia Cunard, propietarios de los primeros buques en cruzar el Atlántico. A partir de ahí, el pasado de Lorenzo Ludovico se erizaba de vaguedades de las cuales la más remota se refería a una larga, terrible y deliciosa estancia en un barco, según permitían adivinar las diferentes maneras en que Shackleton evocaba ese periodo. Nada más se sabía del pasado del maestro que no fuera esta carta de navegación.

De repente topaban con vagabundos extranjeros en sus correrías y Ludovico hablaba con ellos en una extraña jerga, solemne y fluida, hasta terminar prorrumpiendo inesperadas carcajadas con sus herméticos interlocutores. A veces llegaban a regiones inhóspitas que conocía y reconocía muy bien; a pesar de que en aquellos sitios ninguna persona daba señales de haberlo visto antes. Su conversación revelaba conocimientos de minería, de las artes de la navegación, de medicina e incluso respecto a la cosecha del trigo y el algodón. Nunca entraba en detalles ni evocaba nada que pudiese dar pistas sobre su pasado. Ese tiempo dorado a bordo del navío era lo más lejos que concedía en sus confesiones… *Cuando estaba yo en el barco*, decía antes de narrar subyugantes anécdotas.

Shackleton me contó al regreso sus propias aventuras. Antaño aspiró a ser actor dramático en Londres y Dublín; el público lo disuadió con entusiasmo. Saltó a Europa, pero el paso de tantas balas de un lado a otro de las fronteras le persuadió de no estorbar su trayectoria. El mundo árabe, o mejor dicho, los puertos del mundo árabe, fueron su especialidad y los personajes típicos de esas encrucijadas poblaron sus evocaciones. Dagas, murallas vencidas por arte de cuerda, desembarcos en la penumbra y cabalgatas a lomo de mulas y camellos eran su inventario. Las historias de Shackleton me recordaron las de *Las mil y una noches*, las cuales yo había leído recientemente en la colección Prometeo, uno de los pocos catálogos disponibles en el correo de diligencias que nos alimentaba de lecturas. Y como acontecía con estas historias, al final alguien se enriquecía o escapaba de la muerte gracias a la magia.

Aunque Shackleton no dejó de hablar, yo seguía concentrado en ese personaje que se hacía llamar el Gran Ludovico... ¿Qué demonios buscaba por estos páramos un hombre con tanta cultura y talento? Si había tenido acceso a los grandes personajes de un siglo que iniciaba, ¿por qué marchaba junto a una minúscula cuadrilla de vagabundos? ¿Huía de algo? ¿Se encontraba en la búsqueda de algún secreto perdido en nuestras tierras?

Shackleton continuó con su retablo de leyendas donde lo mismo irrumpían el aventurero inglés alcoholizado, las muchedumbres ante las cuales pregonaba en las plazas, o el escribiente devoto de El Corán que le indultaba una noche de cárcel, todo bajo un trasfondo de tintineantes cortinas, barcas iluminadas con luces de gas y prostitutas alrededor, como verdes insectos atrapados en la penumbra.

AL DÍA SIGUIENTE EL PUEBLO ENTERO DESCENDIÓ EL camino de las minas. Los ingenieros aceptaron sumergir el ataúd en un túnel inundado que ahora estaba a cielo abierto. Cualquier accidente sería culpa de Antonio de Orsini, según un documento firmado ante tres testigos. Ya sumergido el ataúd se prepararían para dinamitar la cresta del cerro, tal como habían programado días antes, y Florissa contaría con cinco minutos para escapar de su caja mortuoria y nadar por un túnel auxiliar, antes de la detonación.

Sólo en una cosa insistió Orsini: mantener firme la cuerda dorada que rodeaba al ataúd. En caso de que fallase el escape, ese cordel sería la única y remota oportunidad de salvarle la vida. O rescatar su cuerpo, nos atrevimos a imaginar.

Así que Florissa fue sujetada con las cadenas y candados que trajo la gente del pueblo. De pie sobre su ataúd fue inmovilizada por un grupo de voluntarios entre los que no pude colarme. No tendría ella manera de huir ni yo de tocarla. Antes de cerrar la tapa, Antonio de Orsini pidió permiso para darle un beso de la buena suerte.

No fue un beso sencillo. En aquellos tiempos, nadie besaba a una mujer en público. El beso de Orsini fue profuso y pudimos ver el bulto de su lengua hurgando entre las mejillas de

Florissa. Las damas volvieron la cabeza. Los viejos se rieron. ¿Era su padre o su amante? Hay gente en Europa que besa a los hijos en la boca; hasta los hombres lo hacen entre sí en ocasiones dramáticas, dicen.

A continuación el maestro Ludovico subió a una roca, apartó su capa hacia atrás y sacó un violín que llevaba oculto bajo el brazo. Miré sus botas de caña alta, negras y de una piel escamosa y brillante, que parecía de serpiente. Fue la segunda vez que vi su revólver y la primera que lo escuché tocar ese instrumento. Sus palabras no ocultaron una calculada dosis de desprecio:

—Hasta ahora sólo han visto artificio y vanidad. Es mi deber decirlo. Pero en estos tiempos no hay certeza más grande para el hombre que aquélla que está oculta en el laberinto del arte. Nuestra capacidad de conmovernos ante lo bello es una de las pocas cualidades que nos alejan de los seres salvajes. Por eso el arte es uno de los caminos para encontrar la libertad. Aquí va una llave para adentrarnos en su magia, mientras Florissa encuentra la diferencia real entre la vida y la muerte. Somos artistas, no saltimbanquis o simples cómicos de la legua. Esto es el arte; lo demás, ilusión.

Entonces comenzó el prodigio: cuatro musculosos barreteros llevaron el ataúd al fondo de la mina. Shackleton me alargó el martillo y me pidió colocar más clavos. Los que fuesen necesarios; la madera debería estar bien sujeta para aumentar el asombro. Incluso se trepó arriba del ataúd para sugerir puntos de seguridad y se dio el lujo de brincotear sobre ella. Entonces bajó de allí y esperó la orden del maestro Ludovico antes de arrojarlo al socavón:

—Deberías venirte con nosotros –insistió–. Nos hace falta un ayudante para estos asuntos.

Se oyó la voz del mago:

—Podemos empezar, podemos empezar.

El ataúd cayó con un golpe seco y resonó como si se tratara de un estanque muy hondo. El ingeniero alumbró con su lámpara de carburo el fondo del socavón y, agitándola, hizo una señal a los dinamiteros al transcurrir el tiempo acordado. En lo alto de la cuesta los muchachos reconocieron el gesto y al instante se sumergieron entre los matorrales. La entraña del cerro palpitó ante la explosión como si el propio Lucifer tratara de arrancarse las cadenas en lo más profundo del infierno.

Entonces el maestro Ludovico blandió el arco de su violín y dijo, con un tono de voz más grave:

—A continuación, *El laberinto*: un capricho del italiano Pietro Locatelli, quien vivió por allá en el año 1700. Yo la tocaré tal como me enseñó en Varsovia mi amigo David Oistrakh. Entonces conocerán la magia verdadera.

El violín provocó una vibrante serie de trinos espaciados. El arco se movía mediante espasmos cortos, como si más que sacar la melodía de las cuerdas la estuviese astillando, del mismo modo que un pedernal arranca chispas a la nada. La gente guardó silencio. Era una melodía extraña y difícil; en nada parecida al tono de los valses, las sonatas de Mozart o cualquier otro acercamiento a la música culta. A veces aceleraba el ritmo; en otras parecía tomar un súbito aliento y cosquilleaba cada una de las cuerdas en vertiginosa ascensión de escalas. Me pareció entonces que las aves escondidas en los árboles unían sus chillidos a los compases del violín y cada ruido en el arroyo fuese un acorde de la naturaleza entregándose al violín del Gran Ludovico. Se podría argumentar que el hechizo sólo ocurrió en mi mente. Pero de lo que si estoy seguro es que al final, cuando la melodía cerró con una serie de notas lentas, similares a las de una peonza que se detiene –o una rueda que gira al final de la catástrofe–, los pájaros refugiados en los árboles echaron a volar.

Pasaron unos segundos en los que algunos nos olvidamos de que una mujer se debatía entre la vida y la muerte. Luego, una primera piedra cayó de lo alto del cerro y provocó un leve chapoteo. Justo entonces Florissa surgió triunfal de las aguas.

La gente aplaudió, lanzó disparos al aire, dejó numerosas monedas en el gorro frigio de Shackleton quien realizó su colecta triunfal. Envuelta en una sábana, Florissa desapareció en medio de la ovación general. La multitud frente a mí apenas me dejó atisbar un pliegue de su espalda, que ella cubrió de inmediato con la sábana pudorosa. Vi que se oprimía un antebrazo con firmeza y comprendí que se había cortado, antes de que la muchedumbre me obligara a verla de manera intermitente. Percibí que sangraba con generosidad y que Shackleton le aplicaba un torniquete. Las monedas, los billetes y las piezas de oro atiborraron los sombreros. En ese momento Orsini recogió con cuidado la cuerda dorada. Y Lorenzo Ludovico hizo resonar de nuevo su violín mágico.

Me marché al siguiente amanecer sin despedirme de mi padre. Haría todo lo necesario para convertirme en mago y esa magia, de una forma u otra, me alzaría rumbo a la mujer que ahora apenas me miraba, luego del salto mortal que le hizo dar cabriolas en mi lecho. Ese arte milenario me permitiría volar junto a la poderosa Florissa de Houdini y ascender más allá de mis sueños. Tal como anunciaba el profeta de la capa negra, quizá llegaría a ser un hombre libre o, por lo menos, sabría quién soy en realidad.

¿Valdría la pena adentrarse en esa caída libre que representaba la aventura de la vida? Mi abuelo empeñó a su familia y su cordura en la búsqueda de un sueño menos real que el mundo de Florissa...

Ahora sé que al dejar el pueblo de San José comencé a ser yo mismo. Como dijo ese día el maestro Ludovico, la magia es el arte de cambiar la vida, luego de aliarse con el fuego de los dones que nos ofrece en secreto la naturaleza. Darle una música a nuestro existir de tal modo que ésta resuene luego de la muerte, en una melodía eterna, que alguien escuchará con atención alguna vez en la constelada galería del universo...

Las cosas podían hacerse sin pensar, sobre todo a esa edad, confiando en que la protectora red de la suerte estará debajo de nosotros en el momento cumbre para salvarnos de la caída. Algunos le dicen suerte: Lorenzo Ludovico me reveló que ése es el verdadero y el primer principio de la magia.

Avanza el carromato. Cascabelean las riendas. Un candil mal asegurado por mis manos marca el ritmo del camino, cuesta abajo, con un trepidante concierto de percusiones inimaginables. Atrás quedan el pueblo, la mina y mi padre. Más delante hay un silencioso laurel donde ahorcaron en 1923 a José Díaz Barboza. Allá la vereda que llaman el cerro de don Pablo; por ahí se desbarrancó mi abuelo con todo y caballo años atrás y quedó atrapado en una saliente por horas hasta que fueron por él. Cruzamos la huerta de uno de mis tíos hasta que vemos una casa con gente que ya no conozco y un cerro anónimo. Vamos hacia abajo: en mi pueblo termina la sierra y lo que viene ahora es un cómodo descenso entre valles con puertos cercanos a los ríos hasta llegar al mar, al puerto, a la riqueza que Antonio de Orsini invoca cada vez que puede en sus pregones.

Viajo en el mismo vagón que Shackleton y Antonio de Orsini, quien duerme feliz, a pesar del bailoteo festivo de la ruta. No veo a Florissa por ningún lado. Su presencia es un secreto. El camino fluye estrecho y a ratos de un solo sentido. Es tan temprano que no encontramos ningún otro carruaje, sólo hombres resignados que caminan hacia sus tierras con el sombrero calzado hacia abajo para burlar al viento. La Villa de San Sebastián nos aguarda.

Acampamos en un recodo del río, ocultos bajo una cortina de árboles: es fundamental que nadie nos vea ni sepa de nosotros hasta el inicio de la marcha triunfal por las calles. Deberán creer que nuestra llegada ocurre al mismo tiempo que el desfile.

—Aquí estaremos tres días –anuncia Ludovico–: comiencen a trabajar tú y Orsini con la carpa. Shackleton tiene cosas que hacer.

Y ahí nos quedamos Antonio de Orsini y yo a montar la carpa, sin que yo logre ver nunca a Florissa, que quizá sigue dormida en el carromato de Antonio. Shackleton camina silbante a la misión que le corresponde antes de que la tropa entre a cualquier sitio: revisar las lápidas del cementerio, reconocer los árboles genealógicos y las fechas de las muertes para sorprender a los incrédulos a la hora de hablar con ellos sobre los últimos deseos de sus parientes. Sí, Shackleton es capaz de hablar con los muertos y decirnos la fecha exacta de su muerte en un pueblo que nunca antes hemos pisado, ya que esa información la recibe en los panteones. Y como he podido comprobar, procura hacerse amigo del primer tonto que se encuentre para atar con pocas preguntas los cabos sueltos.

Mientras cavo agujeros en la tierra para ensartar los pilares de las carpas, Orsini extiende las lonas con agilidad y adivino que eso es más fácil que doblarlas. Sus dedos, acostumbrados a robar, aparecen nudos de un tirón y hasta los remata con lazo de ventolina. Sudo y bufo porque no es fácil alzar los pilares: son de hierro colado y tienen dos coronas en lo alto para ensartar ahí los cordeles a la hora de levantar las lonas, y además, dejar otras cuerdas colgantes para asegurar cosas en el interior, algo muy útil para evitar la humedad del suelo en época de lluvia. Muy ingenioso.

—Es el mismo principio de los campamentos de Genghis Khan –me informa Antonio de Orsini, quien tan pronto terminamos vuelve a practicar con sus cuchillos sin tomar un respiro, lanzándolos en ráfaga contra el tronco de un álamo, lejos de criticar lo mal que hago mi trabajo. Eso me llena de alivio hasta que pierdo un martillo, busco a mi alrededor sin encontrarlo y un puñal pasa frente a mis ojos y se ensarta cerca de mi pie, justo sobre la herramienta extraviada que apenas asoma, al descuido, bajo lo que, en ese instante comprendo, es el carro de Florissa.

—Nunca te distraigas, muchacho. Recuerda que yo miro para todos lados.

La carpa está lista para montarse: sólo falta que vuelva Shackleton a fin de levantarla entre todos. Isadora Zizanha ya ha despertado y desciende hacia el río con un cántaro mientras los perros amaestrados de Lucca juguetean en torno a un laurel ampuloso.

Florissa no sale de su carromato y no la veré más que de lejos en las horas que siguen. No hay nada de Florissa para mí. Permanece indescifrable en su retiro, pero sé que hay algo más que el secreto de su risa y de su magia. A la tarde siguiente no soporto la incertidumbre y atisbo en su tienda: veo que escribe algo en un grueso cuaderno de tapas gastadas que al final cierra con una tira de cuero, antes de recostarse a dormir. ¿Habrá quedado especialmente lastimada luego del escape de San José y no quieren que yo me dé cuenta?

—Vamos al sur, hacia El Rosario, el único pueblo con minas de oro que se encuentra en sitio plano –comenta con tono de conocedor Antonio de Orsini y me narra la historia del gambusino al que se le desgranó un rosario y al recoger las cuentas encontró una pepita de oro que le reveló las posibilidades del terreno. Y añade–: Allá brota el dinero y hay más ricos que en la Villa de San Sebastián, la cual hemos esquilmado en menos de una semana.

Los carromatos avanzan por una larga llanura costera y luego de dos días encontramos un lugar para ocultarnos. No me gusta quedarme solo y esta vez le pido permiso a Antonio de Orsini para visitar el cementerio junto a Shackleton. Para mi sorpresa me concede el permiso y al llegar la madrugada nos adentramos en el antiguo Panteón español para revisar las tumbas. El muro y el terreno ostentan forma de corona.

Shackleton inicia con las tumbas de los ricos: son las más antiguas, con profusión de detalles y esculturas de buen tamaño. La tumba más reluciente lleva el apellido Cañedo. Mientras más se repite un apellido, más importante es la familia, me dice mi colega, y a la vez me recomienda desconfiar:

—A veces se topa uno con panteones donde dominan pocos apellidos y descubre que ya no vive nadie con ese nombre: han huido al llegar la revolución o simplemente desaparecieron. Si hay tumbas de ricos muy abandonadas no tiene sentido aprenderse los nombres.

Otra manera de identificar a la gente modesta pero con dinero, me explica, consiste en revisar los túmulos que tienen una reja alrededor de la bóveda: ese cancel impide que los perros y las hierbas del lugar se trepen sobre el epitafio.

Los muy pobres no pueden pagarlo: quienes tienen manera de permitirse un pequeño lujo eligen las rejas y si el candado es nuevo es porque el muerto es reciente. La familia estará más que lista para escuchar sus peripecias en la otra dimensión de la vida.

—Ah –concluye–, y si la tumba está rodeada de cadenas, es una señal secreta de que el muerto perteneció a la masonería.

Shackleton me aconseja no descuidar las tumbas humildes, en los rincones más apartados, porque ahí pueden darse muchas sorpresas.

—Los asesinos son reconocibles por las frases escritas con carbón sobre la loza, lo mismo que las adúlteras y demás gente rechazada. Una viuda reciente suele esmerarse con la tumba de su amado y son reconocibles por sus flores frescas.

Anotamos diversos apellidos y descubro los nombres de algunos extranjeros atraídos por la bonanza del oro, tal como ocurrió en San José y en El Arco: Owen, Mackandal, Campbell. Mi amigo casi da un grito al encontrar la tumba reciente de un niño:

—Es lo mejor –afirma regocijado–, porque no habrá necesidad de inventar muchas cosas y la madre aceptará cualquier descripción de los arcangélicos prados donde se juega al aro y la comba bajo la bendición de un eterno arco iris.

Encontramos más tumbas de niños y Shackleton conjetura que alguna epidemia se llevó a varias criaturas en unas cuantas semanas. Algunos de esos nombres me recuerdan a familias de San José y descubro por qué Antonio de Orsini me permitió acompañar a Shackleton: puesto que estoy en mis terrenos reconozco nombres y personas y a la hora de descender al reino de la muerte la información que yo pase de contrabando será más creíble que nunca en el español granizado con acento escocés de Shackleton. Conozco la manera en que murió Carlos Moraila Estrada porque en mi pueblo nadie olvida que le cayó un rayo mientras desahogaba el cuerpo en el valle. Eso dirá Shackleton para consuelo de la viuda: pero según otra versión practicaba la sodomía con un peón del rancho y por eso encontraron el cuerpo carbonizado con los pantalones en la rodilla.

Al día siguiente, una mujer alegre y satisfecha dejó caer varias monedas en el turbante de Antonio de Orsini. A los Alvarado de la Cuesta les agradó saber que el hijo que les arrebató el remolino de la revolución alcanzó a confesarse poco antes de morir, en el campo de batalla de la toma de Morelia, al mando del intrépido general Rafael Buelna Tenorio. El padre repitió la pregunta y la madre agradeció que su hijo hubiese vuelto a la fe. Presuroso, Shackleton comentó que nunca había sido masón del todo, a pesar de su cercanía con el general, frase que aceleró la tempestad de lágrimas y marcó una sola ceja en la frente avergonzada del padre.

En El Rosario encontramos un ancho fangal que ellos llaman el río Baluarte. A la salida del pueblo unos campesinos alquilaban yuntas de bueyes para llevarnos al otro rincón. Antonio de Orsini decidió que era un buen sitio para descansar dos semanas y que sólo daría una pequeña función de arma blanca para ahorrarnos el costo de la pasada y el posterior regreso, aprovechando que los boyeros también eran matanceros y deseaban comparar sus cuchillos con los del poderoso lanzador. Entretanto, Shackleton y yo recorreríamos los pueblos cercanos para inspeccionar con calma los panteones. Cuando la *troupe* llegase a esas comunidades, él y yo tendríamos que disfrazarnos perpetuamente de arlequines, a fin de que nadie nos relacionase con los forasteros aparecidos poco antes en calidad de preguntones. Otra opción era no quitarnos nunca el turbante durante la segunda visita y hablar con acento chasqueado, como gitanos legítimos.

Fuimos a pie a Chametla, otro pueblo cercano con un pequeño pero revelador cementerio. Entramos a una cantina para obtener más información con el truco de que éramos un par de huérfanos en busca de nuestros abuelos. Nos enviaron directamente con el cura, que como siempre sucede, se reveló comunicativo y generoso al remover las raíces de cuanto árbol genealógico se le pidiera. Por la tarde nos invitó a subir el cerro que ascendiera el conquistador Hernán Cortés para divisar el mar que ahora lleva su nombre, así como la playa donde construyeron los barcos que lo hicieron llegar hasta la península de California, golfo que por muchos años tuvieron como isla. El sacerdote era hijo de extremeños y sentía gran orgullo de su heroico paisano.

En Escuinapa encontramos un pueblo solitario. Eso nos permitió revisar el panteón con gran calma hasta que nos alarmó tanto silencio: no había un alma porque todo el mundo se había ido a ver el partido de béisbol. Así, nos adentramos en las calles mientras la luz del sol reverberaba triunfal en los callejones… Villa Unión resultó ser un caserío inquieto por una reciente agitación anarquista en una fábrica de hilados y preferimos cancelar la visita… En La Candelaria vivían familias de pistoleros que mantenían muy ocupados a sus enterradores cada fin de semana, a decir de un comunicativo arriero que encontramos a la vera del arroyo:

—Aquí muere más gente en una boda que en cualquier epidemia de fiebre amarilla. No pasa un domingo sin su muertito.

En esos días tampoco pude acercarme a Florissa, pues nuestras salidas nos obligaban a pernoctar con frecuencia en los caminos o a la vera de las poblaciones. Sin embargo, fue entonces cuando el maestro Lorenzo Ludovico comenzó a revelarme los secretos de su errabunda existencia. Su conversación se volvió el oscuro rubí en torno al cual gravitaron mis pensamientos, y compartieron el mismo espacio de incertidumbre plantado por Florissa, la invasora que encendió mi mente de manera repentina. Un soplo de ceniza sobre mis ojos, similar a una bandada de cuervos de regreso a su torre a la medianoche, tal era mi sensación de desamparo ante la indiferencia de Florissa, la novia de Houdini, la sacerdotisa del escape.

El Gran Ludovico

Mi mente es la llave que me hace libre.

HARRY HOUDINI

JAMÁS CREÍ QUE LA MAGIA LE DARÍA SENTIDO A MI VIDA. Antes de escuchar a Lorenzo Ludovico eso se vislumbraba tan lejano como el matrimonio o descubrir una vocación para el sacerdocio. Jamás di crédito a ese carnaval de artificios pueriles, a esa vana escenografía colorida impulsada por voces engoladas y gestos grandilocuentes, donde la aparición de un arete perdido o adivinar la edad de una sonrojada mujer del público eran el momento cumbre. Nunca creí que esos vulgares trucos me llevarían a descubrir la clase de solitario en que me había convertido o podía llegar a serlo. Yo no pedí ser mago: sólo salí en busca de Florissa. Que ella se dedicara a la magia fue un accidente en mi vida. Y Ludovico fue el segundo gran accidente en el viaje de mi existencia.

Ahora el camino es una cinta desplegada ante mí como el variado libreto que recibe el actor cada semana. Nada se repite, a pesar de la diversidad de sucesos que relampaguean en la rueda de mi vida. Cada semana del año está marcada por un pueblo diferente, un racimo de rostros únicos y un sabor distinto en el agua de sus arroyos.

Octubre inició con Tayoltita, en lo alto de la serranía, donde los riachuelos tienen un color verdoso que deja un toque mineral en la dentadura. El mes terminó con el frescor profundo del callado manantial de Villablanca. La sensación de que todo es temporal, de que la gente vista durante cinco días mañana no será la misma, me hace percibir en carne propia la fragilidad de vivir y del tiempo, justo cuando me siento más encendido que nunca. ¿Será verdad que aquéllos que vivimos sin rutinas erramos en otro espacio del tiempo y la vida fluye para nosotros de otra manera, engalanada con más laberintos y variaciones? ¿O la nuestra será otra forma de la rutina, más espaciada y luminosa, pero rutina al fin, que, al sumarse a la cifra de las décadas, caerá como una lápida, dando la sensación de no haber construido nada, tan sólo de haber encontrado descanso y placidez mientras se aguardaba la hora de la tumba?

Eso meditaba semanas después de mi partida. Aunque no me daba cuenta, comenzaba a extrañar a mi madre, a la gente del pueblo, y mi fantasmal desasosiego me perseguía como el sonido de un instrumento que no era capaz de identificar. Algo del pasado revoloteaba en mi esencia.

Los nombres de los poblados se confunden en mi mente mientras sufro el constante rechazo de Florissa. Quizás eso es lo que realmente me inquieta y, al vivir con la bota de esa preocupación sobre mi cuello, emergen las aristas de mi nueva condición de huérfano del mundo, despreciado por la diosa. A veces voy a observarla de reojo y de inmediato se pone escribir en ese cuaderno de tapas que termina por cerrar con una tira de cuero. No sé si se ha arrepentido de acostarse conmigo o si es una estrategia para que piense más en ella.

Hemos acampado a la vera del arroyo del Magistral, que más tarde se une con el río Baluarte para llegar al océano, y reposamos a la vera de unos tabachines que parecen anunciar la nueva vegetación que nos espera. Orsini ha volcado uno de los carromatos, luego de larga y paciente descarga de los objetos, para reparar una rueda desbalanceada que llenó de renquera el descenso. Shackleton se ha perdido entre el pasto, seguramente en busca de material para un cigarrillo, mientras Florissa duerme en su hamaca festoneada de lienzos coloridos.

—¿En qué piensas, muchacho? Llevas días en silencio. Creo que es hora de hablarte de la magia.

Veo cómo se me acerca, con paso de cardenal, el propio Lorenzo Ludovico. No había vuelto a hablarme de su profesión. Toma asiento en un tronco caído, pincelado de valvas de hongos, como corcho seco, y se recoge la capa para luego cruzar frente a mí su reluciente par de botas. Son de piel de mantarraya y su color negro supera en brillo a la de cualquier animal, me informa un tanto jactancioso. Pero su voz se siente contrariada cuando le pregunto su origen y si en verdad Florissa fue novia de Houdini.

—No te hablaré de Harry Houdini, sino de un mago verdadero: Robert Houdin. Y también te diré quién es el hombre que escapó de la realidad con el nombre de Lorenzo Ludovico. Pero vamos por partes. Cada noche vendrás a mi tienda y te diré lo que debes aprender. Quien sabe escuchar, no desperdicia preguntas. Ven a mi tienda esta noche; deja de pensar en Florissa.

Y fui a su tienda y me habló de Robert Houdin y dijo que a partir de ese momento yo sería un servidor de la magia. Y como buen aprendiz, hice mi primera pregunta inocente cuando abrió ante mí el libro secreto de su vida. Durante las noches siguientes desplegó ante mí las páginas del libro de su errancia y como todos los verdaderos magos, solía dejar al final un secreto, un misterio, el verdadero truco oculto con pases de manos, sonido de ganzúas, la ovación de los grillos en la noche y la mirada cómplice de las estrellas.

—La segunda lección consiste en que un mago nunca cuenta toda la verdad –añadió con picardía.

I
El libro y el reloj

—Robert Houdin no es un antepasado de Harry Houdini. Al contrario: Houdini es un impostor, un inmigrante de Europa central arribista y fatuo, que cambió su nombre para parecerse al genial maestro francés, pero fueron hombres distintos y de educaciones opuestas.

«Robert Houdin era un relojero francés, un simple mortal. Me parece que puedo verlo: casa de campo con ventanales emplomados, el borgoña en la mesa y el diario con el Caso Dreyfus junto a los puros de La Martinica. Libros de Eugenio Sue y Anatole France en la biblioteca mientras que los de Emilio Zola yacen ocultos junto al coñac. Cada domingo al mediodía, este sencillo artífice se detiene para comprobar con satisfacción cómo resuenan las campanas justo en el mismo instante.

»Gran amante de la lectura, solicitaba constantemente novedades a su librero personal. En esos años cada librero se encargaba de surtir a sus clientes con lo mejor de ambos mundos. Un día ocurre el error que cambia la historia de la magia: llega a la casa de *monsieur* Houdin un libelo de magia y técnicas de ilusionismo. Hombre curioso –no en balde escudriña cada reloj caído en sus manos hasta conocer el último de sus engranes– da una pequeña hojeada al texto antes de devolverlo, y eso cambia su vida.

»El universo se abre para él. Conoce los diversos prodigios para engañar la vista y la conciencia. Desde el más burdo truco de barrio hasta las más grandes invenciones automatizadas bajo los candelabros de Versalles. Decide aplicar a la magia su conocimiento del tiempo y la precisión. En el fondo es un tipo ocioso que, como toda la gente de su tiempo, vive encadenado a los horarios y convenciones de la vida. Ahora utilizará la ciencia y la relojería para aparecer en escena árboles con pájaros cantores.

»Y lo logra. Mientras las figuras se preparan, Houdin cuenta una historia tierna, a veces en rima, y el público adora de inmediato a los muñecos. Uno de sus maniquíes realiza operaciones matemáticas. Un desgarbado pianista es capaz de tocar, mecánicamente por supuesto, las siete sonatas de Mozart que causan furor. Un guerrero árabe lanza flechas que cada vez se acercan más al blanco. *Tonino*, el estilizado equilibrista italiano, luego de unas breves preguntas de Houdin, a las que responde con atentos y oportunos movimientos de cabeza, da una y mil piruetas en su trapecio. Y al final –los ecos de Mozart aún sin extinguirse–, uno de sus hijos aparece con una caja. Monsieur Houdin solicita un anillo a alguna dama del público y lo envuelve en un pañuelo que coloca dentro de dicha caja. Un humo extraño inicia su danza azul: es el humo de la magia. De ahí surge, despacio y minucioso, un árbol de hojas metálicas, donde aparecen melodiosos pájaros y flores de platino lunar. Al centro del árbol hay tres naranjas. Monsieur Houdin se acerca y corta una de ellas, la hiere con una navaja y la ofrece al público. Confirman que es una naranja de verdad. Entonces la naranja del centro se abre y de ahí, levantado por dos mariposas metálicas, se extiende un pañuelo en cuyo ribete de encaje aparece insertado el anillo. La dama del público sonríe emocionada. Asómbrense, crédulos parisinos.

»Ahora el turno de asombrarse es para terribles guerreros de sable ensangrentado y turbante berberisco. Ya no más la magia de salón. Viene la guerra. África del norte hierve. Las grandes matanzas regresan y las tribus desean volver a incendiar campamentos en las dunas. Los morabitos han levantado alfanjes y fusiles para incendiar las arenas. Hay que movilizar a la Legión Extranjera, dar la alerta en las colonias, todo varón en edad de tomar las armas debe marchar a las arenas candentes a defender su patria. Sí, hasta allá hay que marchar para defender la tranquila vida parisina y demorar el fin de las colonias. Y hacia allá va el amable monsieur Robert Houdin a defender su país, armado con lo mejor que saber hacer: su magia. La petición parte del propio emperador Napoleón III. Un buen emperador siempre tiene un sabio a su derecha y a un buen mago a la izquierda. Y donde se tiene a un mago, siempre existirá la posibilidad de escapar con gracia.»

II
La magia y la guerra

EL ESCENARIO ESTÁ LISTO. LOS HECHICEROS DEL DESIERTO sabrán qué tipo de magos hay en Francia. Los ancianos y jefes tribales aguardan la demostración de los poderosos hombres del continente. Sobra decir cómo recibieron el árbol metálico con pájaros cantarinos y naranjas reales: en el desierto sólo conocían arbustos de espinas y palmeras en los oasis. Entendieron que en la Francia existían tantos árboles gracias a los magos del Viejo Mundo. Pero esto no asusta a los rebeldes. Mas cuando Houdin corta a la mitad a un soldado francés, los berberiscos comprenden que, por más que sea la bravura con que puedan partir a un guerrero francés con su alfanje, los magos de su país siempre volverán a unirlos.

Ahora Houdin pide que suba el guerrero más fuerte de todas las tribus del desierto. Asciende al escenario Muley Qatah, encendido chacal de los cañaverales, que no deja de sentirse intimidado ante el traje de reluciente paño del ilusionista. El símbolo del Dios cristiano pende discreto de su fistol:

—Suplico a este amable oficial de segundo grado que levante este baúl.

Aparece un joven francés, muy delgado, que sin el menor esfuerzo pone en alto una extraña caja metálica. Muy pequeña, con perturbadoras inscripciones sobre la tapa.

Nadie aplaude; ningún árabe tiene esa costumbre, pero los pocos soldados de la *Grande Armée* que están entre el público lo han hecho ante los prodigios de Houdin, quien ahora pide, gracias a la traducción del oficial a su espalda, que Qatah ponga en alto la caja prodigiosa. Ahí comienza su desgracia. Qatah no puede hacerlo.

La humillación es grande. La caja está adherida mágicamente al suelo. Houdin pide que se aparte y, ante el asombro de todos, el oficial francés de segundo grado la mueve sin ninguna dificultad, luego de que el mago pase sus manos sobre la tapa. Varias veces repite la operación y permite a los magos del desierto subir y tocar la caja, hacerla vulnerable a sus sortilegios y conjuros. Nada pueden hacer. Qatah, el cortador de cabezas, no puede alzar una simple caja. Más confundido se encuentra cuando Houdin lanza un alarido y un pase de magia para que ocurra el siguiente milagro. La caja está viva y por sí misma arroja a Qatah. Las manos se le han crispado por una extraña fuerza emanada de ahí, algo al parecer tan destructivo como los rayos en las tormentas.

Qatah está a punto de huir despavorido pero su estirpe de guerrero le impide hacerlo. Este rasgo de valor en nada menoscabará su humillación y la de todo su pueblo. Un hermoso verso de El Corán compara la voluntad de Dios con el relámpago que ilumina de súbito los objetos de una casa en penumbras y nos hace ver aquello que olvidamos que poseíamos. Así de raudo puede llevarnos Dios al reino de la muerte.

La guerra ha terminado. Robert Houdin es un héroe. Sus poderes han logrado el fin del conflicto. Nadie ha muerto. Los rebeldes saben que no podrán nada contra los magos del Viejo Mundo. Francia sigue siendo poderosa. Oh, París, oh, hermoso mundo donde la magia, el magnetismo y la electricidad son una sola cosa. La magia de Robert Houdin devoró con su oleaje a los rebeldes como si fuesen estatuas de sal.

III
El arte de los naipes

—ALGUNOS LE LLAMAN SUERTE. YO SIMPLEMENTE LA llamo magia y pienso que es un oficio que puedes dominar si te dedicas a ello. Pero no sólo es menester dedicarse:

es necesario darlo todo. Atrapado en las entrañas del barco que me sacó de Europa, me volví jugador en largas noches de ocio. Luego de paletear carbón por horas y horas alguien destapaba una botella y volcábamos una carretilla para buscar la sonrisa de las hadas de la suerte. A mayor miseria, humana o material, más grande es la emoción del azar.

Bajo la palpitante luz de las calderas aprendí el arte de volver la mano en una ráfaga. Tuve grandes maestros: truhanes de Lisboa, pícaros de Nápoles y un francés que perdió un dedo en un casino de la costa de Dakar. En dos días aprendí a cortar la baraja con una sola mano. Por la tarde me enseñaron a partirla cuatro veces y dejarla exactamente igual, algo que no imaginan los principiantes. Luego supe que es más fácil hacer trampa con naipes nuevos. Me aconsejaron llevar siempre una baraja en la mano todo el día hasta acostumbrarme a sentirla, algo muy difícil cuando los brazos viven ocupados. Ya no bajé del barco en América y permanecí en el gran casino del fuego a fin de aprender en el vaivén de sus mareas.

Un día gané una partida memorable a un oficial de cubierta, pero le perdoné una pequeña fortuna a cambio de que me ayudara a salir del infierno de las bielas y el vapor en tempestad. Me refiné observando el comportamiento de la gente en el bar, desde el otro lado de la barra. Aprendí a conducirme en un salón: desde cómo tomar la servilleta que limpiará nuestros labios, hasta la conversación larga y agradable sobre una pequeñez tan fútil como el placer de despertarse tarde. Existe gente con un gran encanto para compartir con sus oyentes los motivos y situaciones descubiertas al despertarse en su camarote y no encontrar jabón o caer en cuenta que se dejó la puerta abierta toda la noche.

Aprendí que para ser un agradable personaje de salón no hay nada como reírse de uno mismo y ser siempre natural. Lo mismo valía para los naipes.

Mi último gran maestro fue Adelmo Dancair, jefe de cocinas que años atrás trabajara en la construcción del Canal de Panamá y cantara de joven en el coro de la Ópera de Manaos. Un gran jugador. Con él completé la enseñanza de los rústicos apaleadores de carbón. Adelmo Dancair me mostró las sutilezas del juego elegante y contemplarlo era una lección permanente: la copa siempre llena a la diestra; su charla interminable sobre la lluvia inagotable de Panamá, que duraba año tras año, bajo la cual morían ingenieros estragados por la malaria y cuyos derrumbes mataban a miles de chinos, obreros competentes y la escoria llegada del mundo. Conservaba como único recuerdo un elegante sombrero Panamá de palma fina, sombrero que se había puesto muy de moda cuando los ingenieros regresaron a Europa y lo lucían en las grandes ocasiones. En aquella época el sombrero Panamá tenía un aire aventurero que revelaba al portador como un hombre diferente a los demás. Me lo obsequió el día que al fin pude ganarle una partida y me marché con su bendición.

Llegó el tiempo que recorrí por mi cuenta los grandes trasatlánticos como un pasajero más. Pasé meses sin bajar siquiera a tierra firme. Eran los años de los grandes buques: El *Île de France*, el *Mauritania* y el *Olimpic*, e incluso el orgulloso *Lusitania*, en mal momento torpedeado por los alemanes. Descubrí que en esos viajes se gana más dinero porque el tiempo es más lento. Al paso de los días, hastiados ya de los lujos del hotel flotante, fatigados de los torneos de tiro al blanco en la baranda, los valses nocturnos y las exigencias de sus mujeres o amantes en turno, los viajeros comienzan a entregarse al vuelo de las cartas. Aún la gente que ha despreciado el azar de los juegos se sumerge con una exquisita imprudencia. Caballeros de carácter tranquilo, fascinados ante la nueva emoción que domina el tedio insufrible, arriesgaban las más quiméricas jugadas. Y es cuando un jugador como yo comienza a surtirse, muy despacio, con el consejo de Dancair cual brújula en la mente: podrás trasquilar una oveja varias veces toda tu vida, pero una sola vez podrás arrancarle todo... Bebamos del pozo en el desierto y dejemos un poco de agua para que la noche lo llene con el reflejo de las estrellas, decían los árabes, quienes mucho sabían de la suerte.

Mis ovejas eran un rebaño de industriales del acero de Pittsburgh, cantantes de ópera aclamados o jueces de elegante chistera y finos modales. Mientras más amable y cortés el jugador, más tonto es. Y como dijo un viejo conocido, es inmoral dejar que un tonto se quede con su dinero. Aprendí a cultivarlos, a ser amigo de ellos, ganar si era indispensable, perder cuando se requería, y llevar el puntual registro de los gestos que los delatan si el juego es malo o melindroso. Algunos se tocan los labios; otros giran su anillo; mientras más ambicioso el tipo, más misterioso el gesto. Todos los hombres utilizan un movimiento que los delata cuando mienten, pero no lo saben. Un hombre paciente y observador puede localizarlo y servirse de él. Aprovechar su punto débil para aniquilarlos.

Dominé tanto el arte de las cartas que llegó un tiempo que no necesité hacer trampas. Interpretando los gestos y contando las barajas podía adivinar las manos de cada quien. Como todos los jugadores profesionales... Si el barón ha pedido tres cartas es porque seguramente tiene un par; aquel banquero con rostro de bulldog suspira por un as que no llegará; el petimetre de la bufanda nunca completará la escalera que en sus manos cojea del último peldaño. Más divertido y fascinante se volvía el juego con esos vaivenes. Llegué a querer a ciertos viejos apesadumbrados a quienes devolví parte de sus ganancias, sin que se dieran cuenta, dos noches antes de arribar, y esquilmé a magnates presuntuosos, sin delatarme con expresiones de júbilo; a veces dándole el triunfo a un jugador inocente para disimular mis marrullerías, o como simple justicia ejecutada con mi propia mano. Y perdía con honor. Eso es básico. Al perder, una broma oportuna relaja el ambiente y al ganar, hay que guardar el más pulcro silencio…

Ríete en la derrota y sé cortés en la victoria. Retírate vencedor y no acabes con tu suerte en una noche. Dejemos algo de fortuna en el fondo de la baraja para el día siguiente. Esto nunca termina. Dejemos un poco de agua en el oasis para poder mirar las estrellas en medio de la noche.

Las barajas comenzaron a hacerme caso. Yo hacía con ellas cualquier prodigio. Con mirar un juego de naipes bocarriba podía aprender de memoria su lugar preciso y luego repartir a mi conveniencia. Nuevos trucos surgieron por sí mismos de mi mano y con el tiempo comprobé satisfecho que el azar era mi cómplice. Podíamos conspirar juntos o, en algunas ocasiones, se volvía mi fiel servidor, esclavo puntual y silencioso, en espera del más discreto llamado de mis dedos. Algunos lo llaman suerte. Yo he descubierto que es magia.

IV
¡La caída!

CUANDO EL PRIMER TORPEDO CIMBRÓ AL *LUSITANIA* MI suerte en las cartas se hundió con la nave, mas la magia se negó a abandonarme. Durante un juego crucial mi mundo y el mundo real se vinieron abajo y el grito de muerte de las calderas ascendió en una bocanada ardiente, recordándome mis años con la pala y el polvo del carbón en cada resquicio de mi cuerpo. Enfrascados en la lucha entre corazones y espadas, las manos nerviosas por el monto depositado en la mesa, el buque insensible comenzó a abrirse camino hacia el fondo del mar y ninguno de nosotros quería levantarse de su sillón hasta ver la carta definitiva. Fui el último que miró los doce vitrales del techo, iluminados con destellantes alegorías de los meses del año, que me parecieron ilustrar la ruleta de mi vida cayendo a las profundidades. Más tarde, en el bote salvavidas, mientras la lluvia golpeteaba la lona y escuchábamos los lejanos navíos, invisibles en una niebla azul que se vestía de color pizarra, comprendí que la época del mar había terminado para mí. Lo supe en el silencio repentino, cuando las mujeres dejaron al fin de llorar y sólo la lluvia, el oleaje y las sirenas resonaban en el atardecer. Ya no habría seguridad en los hoteles flotantes que cruzaban el Atlántico. Ahora debería ganarme la vida en tierra.

El barco de rescate nos llevó a Nueva York y ahí me quedé: no tenía sentido volver a la ensangrentada Europa, aunque un coronel francés me contó que bajo las trincheras y los cañones los oficiales jugaban sin preocuparse por perderlo todo. Tenía razón: al primer golpe de torpedo apostamos hasta el último centavo. Mi última partida con trampa la jugué en ese bote salvavidas con los pasajeros que el oleaje me reservó. Gané varios cigarrillos y uno de ellos, impreso en papel arroz, llevaba el nombre de *Ludovico*.

A Nueva York llegué sin otro oficio que la magia. Y sí, debo decirlo me afectó el asunto del *Lusitania*. Una gran fortuna se había ido de mis manos en esa mesa de paño verde. La muerte me había gritado al oído y me di el lujo de despreciarla por varios minutos. Aunque no faltó quien me aconsejara viajar en barcos ingleses; se decía que la familia del Káiser contaba con un importante paquete de acciones y por eso los submarinos procuraban no perforarlos, pero en fin, era demasiado abusar de mi suerte. Me lancé a las calles con una baraja en la mano y por las tardes con una botella de escocés en la sangre. El frío de Nueva York es horrible y, al despertarme en la calle llegué a sentir que volvía a la cubierta del bote, con el humo del barco a lo lejos y la mancha de aceite flotando por varias millas marinas. Así erré por las calles hasta que conocí a Míster Dobbins. Luego a Rodolfo Valentino. Y a su esposa, Natasha Rambova.

V

Caminos y caminantes

AQUÉLLA FUE LA ÉPOCA DORADA DE LA MAGIA. UN PAÍS donde el dinero fluía, y teatros y cines se abarrotaban de gente ansiosa por vivir. Cualquier mago de buena clase y equipo novedoso podía tener su breve presentación dentro de un teatro de variedades o, si contaba con los suficientes trucos, llenar él solo el escenario y la butaquería. Los magos medianos tenían sus sitios en los cines, como cierre de la matiné o intermedio para las películas de episodios. Hasta el más harapiento podía dar una función sencilla en la acera, frente a la fila que aguardaba el inicio de la función, con la esperanza viva de que el promotor pasase y lo invitara a entrar. Todos teníamos trabajo y competíamos unos con otros.

En aquellos tiempos Rodolfo Valentino hacía furor. Y cuando se dejó el bigote y la barba al estilo europeo, la Asociación de Barberos de Estados Unidos se quejó, alegando que con ese ejemplo sería imposible diferenciar a los americanos de los rusos. Yo seguí el ejemplo de Valentino y desde entonces usé la barba en forma de candado, cosa que hicieron muchos magos de la época –menos Houdini–, y que el propio actor tampoco repitió en sus películas, ni siquiera en *El águila negra*, donde hacía el papel de un extraño Robin Hood de las estepas. Cuando aparecí en un teatro lleno de balcones de maderas sollozantes, más atemorizado que la adolescente que yo mismo iba a serruchar, enmascarado tras esa barba reducida, jamás imaginé que llegaría a conocerlo tan bien a él y a Natacha Rambova. Y mucho menos que gracias a su representante, George Ullman, haríamos juntos una gira de baile por toda la Unión Americana.

¿Cómo conocí a Míster Dobbins? Yo hacía trucos con naipes afuera del teatro, entre la gente que formaba su impaciente fila. Usaba el sombrero Panamá para que la policía no me confundiese con algún revendedor o el mago que trabajaba asociado con un carterista. A diario me ignoraba Míster Dobbins. Pasaba a mi lado al salir del hipódromo, su sombrero de hongo con el billete de la carrera del día en la cinta, el olor a coñac que nunca le abandonaba. Yo me esmeraba en mis actos al percibir su caminar lento, pero nunca me llamó a audición alguna. El primer día que me dirigió la palabra fue para invitarme a subir a su escenario.

El Gran Farini no había llegado a escena. Era la oportunidad de Lorenzo Ludovico. Sí, en esa época todos fuimos latinos. Rodolfo Valentino. Gilberto Roland, Ramón Novarro, Enrico Caruso, Porfirio Rubirosa. Lorenzo Ludovico. Un actor de carácter llamado Jacob Krantz se cambió el nombre a Ricardo Cortez, nombre inimaginable para un judío vienés. Incluso hubo una versión latina de *Drácula* en el cine y Douglas Fairbanks se envolvía con Lupe Vélez gracias a una boleadora en *Gaucho*. Por ese tiempo, los artesanos Delgado dieron forma a *King Kong*. Y yo me transformé en Lorenzo Ludovico. México comenzaba a llamarme, de manera imperceptible.

Así me anunciaron y descubrí que los reflectores impiden que el artista vea al público, por lo que pude dominar mis nervios y comenzar a juguetear con mis manos. Entonces cometí un error. Saqué mi baraja por superstición y la ayudante de Farini de prisa la sustituyó por la del maestro ante el silbido de los obreros que llenaban el sitio: los magos en escena usan barajas más grandes de lo normal y yo lo ignoraba. Pero a pesar de ello los asombré con un truco que aprendí en un muelle de Marsella y luego circuló por toda América, pues pronto Míster Dobbins me contrató para una gira por la Unión América. Estaba harto de los errores del Gran Farini y de que le debiera mucho dinero, y además comenzaba a acostarse con Nereida, su robusta ayudante. Los trucos y el equipo de Farini eran convencionales y con la ayuda de Nereida pude superarlos en siete días. Al octavo hicimos el amor en la caja mientras Dobbins perdía más dinero a causa de su afición a los galopes matutinos, la interminable botella de coñac en su bolsillo izquierdo. El

Gran Farini ahora erraba por las calles, mendigando un trago, a cambio de aparecer una rosa entre sus manos mugrientas.

A partir de entonces mi mundo se movió al ritmo de la campana y el zumbido de los cables telegráficos. Ferrocarriles atestados de soldados que regresaban de la guerra; malas comidas y peor *whisky*; las llanuras de Norteamérica eran un pastizal infinito sobre el cual no parecíamos avanzar. A lo lejos los graneros abarrotados de manzanas, las iglesias protestantes en su blancura solitaria o el saludo de un agobiado caminante vestido de overol. Teatros de segunda clase, campesinos que escupían tabaco al escenario, las bailarinas y su eterna queja en los vestidores llenos de agujeros. El trabajo del mago era abrir la función y recibir la mayor cantidad posible de proyectiles a fin de que los actores principales encontraran la artillería disminuida, antes de ceder su paso a los cómicos, que capturaban el resto de las municiones. Entonces uno podía sentarse a disfrutar el periódico con noticias locales y pasar al bar de la esquina. A los pocos días –o al siguiente, cuando la entrada era definitivamente mala–, se corría a la estación y a repetir la rutina. Tuve que mejorar mi acto para evitar que me arrojaran tantos proyectiles. Aprendí a asombrarlos pero aún era insuficiente. Algún día, juré, los dejaría quietos en sus butacas para que no me arrojasen más de su miseria.

Míster Dobbins me enseñó un truco excelente, envidiable para cualquier mago normal, el cual nunca pude usar para mi beneficio a pesar de que yo era el objeto de la ilusión. Mandó a hacerme un traje azul y mi equipaje, personal y de trabajo, fue pintado de ese mismo color, así como la caja serruchable, el espejo de Oriana, el Barril del Amotinado, los atriles y demás herramientas de mi acto, e incluso la ropa interior de Nereida, como en su momento lo pude comprobar. Todo se guardaba en aparatosos cajones azules. En el momento de entrar al teatro, Dobbins exigía a los tramoyistas transportar con cuidado todo lo que fuera de ese color. La función se llevaba a cabo y, mágicamente y sin intervención de mis poderes, alguna caja que ya estaba en el teatro aparecía de repente pintada de azul. Al día siguiente o al final de la función, luego de la segunda letanía impaciente de Dobbins, los propios tramoyistas del teatro subían las cajas azules a la carreta, antes de que el tren partiera y nos abandonara por culpa de su pereza.

Fue una época divertida, a pesar del cambiante humor de Míster Dobbins. En Arkansas, frente a una montaña donde los relámpagos trazaban latigazos de fuego sobre su vientre, hizo bajar del ferrocarril a la dulce Nereida. En el siguiente teatro tuve una mala actuación gracias a una bailarina a la que Dobbins bautizó con el mismo nombre de la anterior, a fin de no forzar ningún cambio en los carteles ya impresos. Alabama fue horripilante y en Nueva Orleans el pago disminuyó y nos regateó el porcentaje; me harté de todo eso. Míster Dobbins se retiraba a hacer largas llamadas telefónicas de las cuales volvía más histérico. Me peleé con el viejo pero, para mi sorpresa, no me mandó al diablo. Al llegar a Savannah, mientras volvía de enviar un telegrama, cayó boca abajo junto al tranvía y arrojó un vómito amarillo entre los adoquines. Un policía nos dijo que llevaba en la mano una manzana y que la estrujó hasta hacerle brotar la última semilla mientras se retorcía entre maldiciones. Dos días después lo enterramos con júbilo y nos dividimos los objetos que constituían el espectáculo. Míster Dobbins no tenía mujer ni hijos conocidos. Nadie lo quería.

VI
Cuerdas de oro, cadena de hierro

DESAMPARADOS, TOMAMOS NUESTRO PROPIO CAMINO. La bailarina que me asistía huyó a los brazos del malabarista y una pequeña corista, con inquietantes ojos de muñeca rusa, se ofreció a ser la dama dividida por mi serrucho y llegó a ser una excelente colaboradora en el acto que consistía en desaparecer por completo una gran caja azul. Decidimos recorrer toda la Costa Este hasta llegar a Nueva York y en el camino conocí a otros magos. Freddie Fontana realizaba su acto como un hombre común, personificando al distraído al que comienzan a brotarle palomas y cuerdas interminables de los bolsillos con gran naturalidad, sin ningún gesto grandilocuente. Vi en acción a Carlos Carusso, un bailarín que de tanto ver a otro mago aprendió sus trucos y, cosa rara en la época, hacía su rutina al ritmo de los valses de una orquesta ociosa que, por motivos sindicales, debía tocar en un teatro de Richmond que luego se incendió. Aprendí nuevos trucos de Juliana Möbius, una joven escapista que imitaba al mismo Houdini, a quien los propios ayudantes del gran mago estuvieron a punto de volver ciega, arrojando limón en el tanque donde fue sumergida. Más me impactó el viejo Jerome de Atenas, venerable mago dedicado a los niños, que con gestos tranquilos y amena conversación, realizaba sus actos sin dejar de charlar con el público. Pausado y con muchas variantes, efectuaba un truco que normalmente se hacía con velocidad y que él, durante el tiempo de su juventud, efectuaba en las calles para sobrevivir: los tres vasos y la esquiva bolita moviéndose de un lado al otro de la mesa. Jerome de Atenas llenaba con ternura cada uno de sus movimientos. Murió durante una epidemia de meningitis.

Con tantos magos en escena, mi regreso a los teatros en las grandes ciudades fue difícil sin el apoyo de Míster Dobbins. Aprendí que ante el propietario no había que decir «Soy un mago», porque en ese momento nos rechazaba, sino llegar con la idea de un nuevo acto. Hola, qué tal, buen hombre, yo trabajo con cuerdas... Puedo desaparecer una anciana y volverla a la juventud. Materializo en medio del escenario una fuente que transforma el agua en vino... Mi truco consistía en escapar de un ataúd, tal como lo había puesto de moda el mismo Houdini. Juliana Möbius me enseñó cómo lograrlo, en venganza contra los seguidores de Houdini que le habían incendiado las córneas mientras luchaba con los grilletes. Lo haría porque pensaba firmemente que yo podría alcanzar fama y fortuna en el espectáculo. Al gran Houdini los magos reales le criticaban que no fuera capaz de hacer trucos con las manos, ni siquiera con las cartas. El grandilocuente húngaro pasaría a la posteridad sólo como un escapista. En cambio yo podría ser un mago completo. Además de mis manos, dominaría las verdades eternas que pocos conocen. Sería el Gran Lorenzo Ludovico.

Aprendí los secretos del escape. Creí enloquecer con las esposas y las cadenas, pero tras muchos ejercicios y heridas en los antebrazos pude deshacerme de ellas. No fue fácil. Sufrí mucho a la hora de forcejear y comprobé que algunas esposas, con un golpe preciso y firme, pueden abrirse como almejas. Pero claro que el truco no sólo consiste en eso. Juliana Möbius me enseñó que la ganzúa era entregada al prisionero con un beso de la bella dama. Sí, con el beso de la buena suerte la hermosa Bess le daba al invencible

Houdini una llave maestra para vencer las cadenas. A veces no era posible: algún celoso voluntario del público lograba evitarlo o hallarse al aire libre lo volvía imposible. En esos casos Houdini se anticipaba a tragarse una llave para después regurgitarla y dar cuenta de las cadenas en la penumbra agitada. El anunciador pedía más clavos, los necesarios, para darle tiempo de soltarse antes de arrojar el baúl al agua. Podía fallar algo y, en ese caso, el escapista desgarraba su antebrazo con los dientes y de ahí sacaba otra ganzúa que un discreto cirujano había insertado en su carne. Esos segundos eran los más intensos.

Al salir del ataúd, la cuerda dorada era la guía para llegar a la superficie, ya que uno salía debilitado y a veces el agua turbia no permitía localizarla pronto. Y era fundamental emerger con un trozo de cadena en las manos. El acto acaparaba la admiración porque muchos del público, en algún momento de esos años de miseria, habían tenido cadenas en las manos y, los que no las tuvieron vivían presos de una pobreza escandalosa y mortal.

VII
Plata para la ópera

FUI SUJETADO CON CADENAS, ENVUELTO EN UNA SÁBANA gris y salí airoso. La experiencia en teatros me fortaleció y con ayuda de Armando, un cerrajero jubilado amigo de Juliana, llevé mi acto por primera vez a los pueblos, sin necesidad de cargar todo el equipaje y a la cada vez más molesta ayudante que tenía. Acepté porque muchos de mis trucos no eran nada sin el teatro, sin sus espejos cómplices y pisos falsos, los cables ocultos en la tramoya. Mas con la nueva rutina todo se haría al aire libre. El verano se prestaba para ello, me aconsejó Juliana.

Colocábamos mi ataúd al centro de la plaza: vengan mañana y verán al Gran Lorenzo Ludovico escapar de su ataúd. Traiga sus cadenas y candados y comprobará que no hay truco. El ataúd se dejaba toda la noche con las cadenas puestas para que vieran que no era manipulado por nosotros, sin imaginar que la prodigiosa memoria de Armando le permitía repetir en la noche un juego de llaves completo. Con sólo ver una llave podía recordarla y hacer un duplicado para mí y liberarme en las tinieblas antes de ser arrojado al río o a un círculo de fuego en caso de no haber corriente. Tenía razón. Era un truco para el verano, cuando las aguas de los ríos lo permiten. En vez de seguir la ruta del ferrocarril avanzábamos a lo largo de las aguas hasta llegar al gran mar. Y en invierno, con el frío, la gente abarrotaba las butacas de los teatros.

Me cansaba no tener un promotor cuando la magia vino a mi rescate. En un teatro de Virginia descubrimos con asombro que teníamos dos nuevas maletas azules. Una custodiaba unas herramientas que me hacían buena falta. La otra incluía el diario y los objetos personales de Mortimer Wallace, secretario del señor George Ullman, el gran empresario de aquel momento. Habíamos coincidido varios días durante la gran gira de baile que hicimos con Rodolfo Valentino y Natasha Rambova. Fuimos a devolverle sus pertenencias en la siguiente estación de su ruta, fingiendo un encuentro casual, y quedó tan conmovido, pues en la maleta había un objeto que atesoraba, que aceptó ver mi imitación de Houdini en agradecimiento.

Wallace había pertenecido a una gran familia cuya fortuna y descendencia fue aniquilada durante la guerra civil. Lo único que le había quedado de la gran riqueza eran unos pequeños binoculares de plata para la ópera, magníficamente cincelados, que atesoraba en esa maleta y ostentaban las iniciales de su padre junto a un gótico monograma. Doquier que fuera en sus eternas giras llevaba ese último fragmento de la gran casa familiar, el único eslabón con su herencia perdida, la única prueba de que su familia había venido al mundo. Era emblemático que el único objeto sobreviviente de su ruina fuese algo ligado al cambiante mundo del espectáculo.

Wallace odiaba a Houdini. Tenía motivos profundos y no sólo por la competencia. Aceptó que nos integráramos a la tropa y prometimos no molestar nunca al inolvidable Valentino, ni tratar de hacer migas con él, y durante semanas fuimos una sombra muda en torno suyo a lo largo de la gira. Nunca he conocido a un hombre tan triste y solitario como él. Y en este trabajo, que me ha llevado por medio mundo, he visto a mujeres y hombres prisioneros de la más grande y terrible melancolía. Todavía recuerdo su deshojada sonrisa el primer día que conversamos, en un teatro vacío al que llegué temprano para instalar mi ataúd, mientras caminaba por el escenario abandonado. Me reconoció y estrechó mi mano, luego de recoger un florete olvidado la noche anterior por un distraído príncipe Hamlet. En sus manos, el florete se volvía una ráfaga de acero vuelta maravilla, cuyos destellos aún siguen asombrándome, como un acto de ilusión perfecto, cada vez que los convoco en el mejor lugar reservado por mi memoria para aquellos años inolvidables.

Fue entonces cuando murió Houdini y mi vida cambió. Es muy duro para mí hablar de eso. Participé en varias de las sesiones espiritistas que organizó su viuda, en espera de que él le mandara desde el más allá las palabras clave que habían convenido... mucho después supe que se trataba de una canción de su época de novios y que coincidía con el apodo que él le daba a ella. Incluso estreché una noche la mano de Sir Arthur Conan Doyle, otro crédulo de los espíritus. Por primera vez vi a Florissa, apenas una joven y escultural ayudante, aún no era la maga espectacular de hoy, Houdini le llamaba «mi Capricho Español», ya que con ella usaba música de Rismky-Korsakov en cada una de sus presentaciones. Jamás imaginé que volvería a encontrármela... Mil historias de magos y farsantes conocí por esos tiempos. Ahora debo callar, debo callar un momento. Algún día te contaré cómo caí atrapado por la magia de un diamante maldito. Sí, hay un diamante en medio de mi historia. Pero esa parte te la contará Antonio de Orsini porque ése es el verdadero motivo de su lucha: un diamante venido de la India que ahora está en tu país, inquieto amigo. El diamante que provocó la muerte de la soprano mexicana Ángela Peralta, según nos han dicho otros buscadores de fortuna con los que nos hemos encontrado en el camino. A eso hemos venido a esta tierra que tú conoces y por eso te necesitamos tanto. Los diamantes son eternos porque antes fueron un pedazo de carbón templado en la caldera profunda de los volcanes. Dicen los hombres de ciencia que cerca del centro de la Tierra hay miles de estas joyas, y que los senderos del infierno han sido empedrados con esta furiosa maravilla. Aquél que buscamos es una piedra muy especial y quien lo tenga podrá conseguirlo todo.

VIII
El mago de Estambul

MÉXICO ME LLAMABA. LLEGUÉ A LA CAPITAL Y CONOCÍ EN un café a un joven llamado Alfonso Esparza. Le conté de mis viajes y planes, y me aconsejó que no viajara por el resto del país: lejos de la ciudad de México todo era rupestre y pocos empresarios se atrevían a hacer giras artísticas. Los ferrocarriles no eran buenos y había provincias donde los levantamientos armados erizaban el horizonte con ecuestres polvaredas... Luego me pidió que me demorara con mis descripciones de Estambul, ciudad que le encantaba por el solo embrujo de su nombre. Le hablé del muelle, de la muchedumbre que cruzaba de Oriente a Occidente con sólo atravesar el Bósforo y me confesó que, años atrás, un libro de fotografías sobre Estambul, escrito en inglés, le había seducido tanto que compuso un fox-trot con el nombre de esa ciudad. La melodía conoció tan buen éxito que su popularidad se reflejó en un cabaret con el mismo nombre. Y él asistía a consumir, ineludiblemente, a un sitio donde meseras y gerente lo atendían como al propietario real.

Ahí realicé mi primer acto en México, luego de presentarme con el decorador de ese sitio, el cual había ambientado otros antros con nombres llenos de oscuridad y navegaciones: El Bombay, el Nuevo Bagdad, el Dragón Rojo, El Muelle de Simbad y las Mil y Una Noches. Debuté en *Stambul*, en el México nocturno de Bucareli 21, y ahí conocí a mucha gente brava y bailadora. Yo era el Mago del Estambul. Para referirse a mi local esa gente nombraba a *El mago del Estambre*.

Conocí en ese sitio a Antonio de Orsini, lanzador de

cuchillos y ladrón de joyas. El origen de esas dos profesiones se remonta a su infancia en Toledo, en España, donde fue ayudante de orfebre. Su trabajo consistía en martillar los hilos de oro que quedaban atrapados en la filigrana de los puñales toledanos. Luego vivió en París, donde lo recogió un legendario creador de alhajas. Él me acercó al diamante. Conoce los secretos de la minería fantástica.

Conocer a este ladrón de joyas me llevó a toparme con otro tipo de personajes. Uno que me fue muy útil para introducirme en ese mundo fue un jovencito que conocí afuera del billar *Flamingo*. Era alto y atlético, muy perfumado y cubierto de brillantina; sus dedos hubieran sido los ideales para la rapidez de un mago, pero habían encontrado otro oficio igualmente veloz y lleno de engaño que es el juego del billar. Se llamaba Francisco Aldrete, pero era mejor conocido como «Paco el Elegante» y su nombre aún es una auténtica leyenda por aquellos callejones. Fue el único amigo verdadero que tuve en esos años. Desconozco qué ha sido de él.

Desde entonces consideré dejar de ser mago para convertirme en mexicano. Advertí que poco a poco la edad me impediría siquiera meterme a un ataúd encadenado. Es necesario ser joven, mantener cultura física y estar siempre alerta.

Pero me salí de mi historia: la ciudad de México no era suficiente. Paco el Elegante me conectó con un anciano judío, prestamista para variar, quien me puso sobre la pista del diamante. Había robado en casa de una amante un objeto de gran valor, que deseaba que el hebreo valorara en mi presencia, ya que era una pieza conmemorativa del Canal de Suez y no quería sorpresas. El viejo era toda una autoridad en lo que se refiere a robos de joyas y sus revelaciones sobre el diamante azul cambiaron mi ruta. La joya no estaba en la gran ciudad donde había nacido Ángela Peralta. Estaba en el lugar donde había muerto.

Por eso partí rumbo a Mazatlán, siguiendo la ruta de la Compañía de Ópera de Ángela Peralta, sin prisa, investigando rumores. Y en ese camino me uní a la tropa que conoces, a la que he enseñado mis trucos. Florissa, Shackleton... todos ellos, hasta que llegamos a tu pueblo y tú te volviste uno de nosotros. Orsini y estos dos no son vulgares ilusionistas errantes, como los que nos acompañan: los cuatro somos magos auténticos, que realizamos constantes ejercicios mentales, acrobáticos y librescos. ¿No te has dado cuenta de que, al dialogar entre nosotros, usamos un lenguaje diferente al del resto de la gente que conoces? Somos gente de magia. Cada uno de nosotros ha escapado del laberinto de su destino. Incluso Florissa ha seguido mis consejos, aunque ahora ande algo apocada. Tú también debes seguir estudiando el oficio, porque en esta ilusión que es la vida diaria, la muerte acostumbra descubrir hasta el más taimado de nuestros trucos. No es suficiente la buena suerte a la hora de esquivarla.

Ahora te toca a ti, joven discípulo, aprender a vivir la magia y engañar a la temible parca con sus propias artimañas. No pierdas de vista a Orsini: hasta ahora él ha sabido vencer, pero en vez de asirse a la maravilla, ha confiado más en la agilidad que tienen sus manos para el robo y el lanzamiento de puñales. Cuídate de toparte con ellos. Un mago no debe pelearse jamás con un lanzador de cuchillos ni con su asistente o sus compañeros. Pueden cortar en menos de un segundo el mecanismo que sostiene el secreto de tu magia y, también, la fragilidad del arte que te mantiene sobre la cuerda invisible de la vida.

FLORISSA

ESPACIADAS A LO LARGO DE LAS NOCHES, LAS revelaciones del Gran Ludovico me sirvieron para aprender sobre inalcanzables asuntos del mundo y la existencia. El viejo era un compendio de experiencias y secretos que, al caer el sol, trastocábase en súbita linterna mágica. Muy tarde conversábamos y amanecíamos sin el menor cansancio, encontrándole yo entonces verdadero sentido a las cosas que se resolvían en torno a mi persona. Incluso dejaba de idealizar a la esquiva Florissa por momentos, al escuchar las acotaciones de Lorenzo Ludovico sobre las diversas mujeres que dieron luz y sombra a los actos de su errancia. En su enseñanza sobraban apuntes y observaciones que impelían a reflexionar sobre mi ruta vivencial. ¿Tendría mi vida un rumbo ajeno al del carromato, el sarcófago recién abierto de la magia y los silencios de Florissa?

Algo oscuro agitaba sus alas tras el río de sabiduría que era la memoria de el Gran Ludovico. Algo acechaba en el fondo de su experiencia, apenas iluminado por su antorcha de ladrón de joyas. ¿Por qué alguien con tanta inteligencia y tino vagaba obsesionado por una piedra? ¿Dónde residía la falla de su naturaleza humana, que no le permitía renunciar a esa ambición, y podía orillarlo al delito? ¿No se daba cuenta de lo vano de su empeño, tan vano como mi obsesión por Florissa? Pero aun así decidí escucharlo y aprender lo mejor de su vida. Preferí seguir vagando como un ser normal que lleva una vida extraordinaria, sin adentrarme a las catacumbas del alma de Ludovico. Mejor mantenerme fiel a la llama de una mujer y ser uno solo con su destello, en vez de enfilarme a la soledad en busca de conocimientos herméticos, aspirando a recobrar los secretos de los antiguos nigromantes. Aun así, mi interior se removía jubiloso con la ráfaga de revelaciones invocadas al menor pase de su bastón de mando. Y todo esto aumentaba cuando hacía sonar su violín, verdadero objeto sobrenatural.

La tropa inició un ajetreado descanso a las orillas del río Magistral. Necesitaban los artistas revisar sus números y practicar sus entrenamientos; dar tiempo a los pueblos visitados para que se olvidaran un poco de nuestra presencia. No era bueno que al instalarnos en una plaza llegasen de repente lugareños de los pueblos cercanos, que aún mantuviesen el espectáculo demasiado reciente y anticiparan a las víctimas en turno de las estratagemas que usaríamos en su contra. Por eso a veces los recorridos de los saltimbanquis tienen un trazo irregular, para no tocar puntos cercanos y, de paso, evadir un posible encuentro con la justicia o clientes insatisfechos. Además era menester renovar los actos y cambiar el orden de algunas escenas para que el espectáculo evitase cualquier detalle previsible. Había dinero ahorrado y el lugar ofrecía agua, caza generosa, árboles frutales silvestres.

Esa pausa me sirvió para asumir a conciencia la nueva etapa en que me encontraba imbuido. Me volví más seguro de mí. Antes de unirme a la tropa, mi timidez de joven reprimido no me permitía charlar con calma ante la gente que no fuera de mi edad. Ahora la variedad de mis experiencias, el contacto con nuevos rostros y la camaradería de los compañeros de ruta atiborraron mi interior de novedosos acontecimientos, agolpados en mi mente con tanta energía que ya no alcanzaba a escuchar mis propias voces interiores, los miedos que habían sido la única línea firme de mi conducta. Al terminar el brioso carnaval de esta experiencia mis voces secretas ya tendrían tiempo de resurgir como el fuego fatuo en los cementerios.

Ciertamente, al principio, mis compañeros fueron tomando forma real y dejé de verlos como una pandilla de iluminados y vagabundos, meras escoltas del Gran Ludovico. Gracias a las incidencias de los campamentos, las exclamaciones súbitas, las confesiones repentinas, los obsequios modestos, las palmadas imprevistas y los manjares compartidos, así como las canciones a coro al inicio del crepúsculo, me pareció que la niebla que envolvía a mis colegas se trocaba en un juego de complicidades y su aire fantasmal se disipó hasta que me permitió percibir personas perfectas, insufladas por el don de la alegría, que se volvían parte de mí mismo mientras que el campo que nos rodeaba se impregnaba de súbito con su vehemencia. Sin que yo fuese capaz de imaginarlo, esas presencias definirían mi existir y seguirían presentes, a donde quiera que fuese, en el jardín secreto de mi memoria.

En ese arrobamiento estaba cuando un día encontré en mi lecho el viejo libro de pastas gastadas, cerrado con una tira de cuero, donde Florissa escribía en ocasiones. ¿Cómo llegó ahí su cuaderno? Nunca lo supe. No pude soportar la tentación de abrirlo y conocer al fin su secreto. Quise engañarme con la ilusión de que ella misma lo había dejado ante mis ojos como una forma más de conocernos, de comunicarme algo que por extraña y maldita razón no me decía de viva voz. Tenía una caligrafía de niña educada y el tono de su texto, confesional, contrastaba con el mutismo que ahora le embargaba, al menos hacía mí. La primera página del cuaderno decía: *Habla Florissa*. Lo demás era historia viva, heridas abiertas, una infancia condenadas tras los muros y falsos espejismos.

Habla Florissa

«DE NIÑA SIEMPRE QUISE SABER QUIÉN VIVÍA DETRÁS DE los espejos», comenzaba el escrito, «en mi casa sólo había uno porque mi hermanito nació enfermo y nadie deseaba que conociera su propio rostro, descompuesto y triste… En las raras ocasiones en que salíamos de noche, me encantaba verme de repente en los cristales, mientras cruzaba la calle al volver del teatro, con una bolsa de dulce para mi hermanito, que se había quedado en casa con la abuelita Griselda. Mamá era muy bella y me gustaba verla en los espejos de la calle conmigo. Llegué a pensar que esa pareja de mujeres sonrientes tenía su vida propia y que también les gustaba encontrarse con nosotras, siempre en ese justo momento, siempre al otro lado del espejo, como la Alicia de los cuentos».

Vivir en una gran casa familiar puede ser fascinante. Nacer en aquella vetusta esquina de Madrid también. Eran cuatro generaciones bajo un mismo techo y estaba la servidumbre, que eran joviales y tratados con cariño, así como sus hijos igual de silenciosos y corteses, más la cascada diaria de visitantes: el carbonero en las mañanas, los jardineros que estaban casi de planta, la limosnera que a diario se le

daba un vaso de leche, hasta el señor que una vez por semana venía a ajustar y darle cuerda a todos los relojes de la casa y
Manuel, un campesino simpático que traía queso de cabra
y, de paso, se quedaba un rato silbando tras la vidriera, ense-
ñando a cantar a los pájaros multicolores, presos en su gran
jaula de bronce. Un zorzal agitaba su cola perfumada, pero
yo prefería a los canarios. Manuel me decía que los tordos
comían caracoles y, en las veredas, no era raro encontrar un
«yunque de tordo», que es una piedra rodeada de fragmentos de conchas de caracoles contras las cuales esos pájaros
las han golpeado para quitárselas y comerlos. Era de buena
suerte encontrarlos y ahí –juraba Manuel– los duendes del
bosque celebraban ceremonias a la luz de la luna de octubre.

Luego contaba en detalle una infancia sin rumbo, la indiferencia de las doncellas que la cuidaban y la ausencia de su
padre: «No conocí a mi papá. Me dijeron que él huyó a caballo en el momento en que nací y otra versión afirma que
lo hizo mucho antes de que yo viniese al mundo. ¿Cómo
encontrar la verdad a partir de lo que dicen las doncellas y
los parientes a escondidas de los demás adultos, sin darse
cuenta de que los niños ya escuchamos y entendemos todo?
Según ellos, mi padre regresó sólo para embarazar otra vez
a la tonta de mi madre y huyó definitivamente en cuanto ella
dio a luz a un bebé deforme. Mi única certeza es que vine a
este mundo en la misma habitación donde nacieron mi madre y mi abuela. Ese día que nací España perdió sus últimas
colonias en la Guerra Hispanoamérica; a pesar de la desgracia, mi tío Luis solía decir que la gente se fue esa tarde a los
toros como si nada.

Todos esos años los recuerdo con la luz tenue, siempre vespertina de esa casa, eterno velo de tul sin cambiar con el día. En Europa, las ciudades tienen diferentes tonos de luz que mudan con las estaciones o lluvias repentinas. Aquí en América la luz está en todas partes y tanto sol me hace sentir una vida real; no aquélla detrás de cortinas de terciopelo siempre fijas, ventanas llenas de vaho, patios interiores con mosaico manchado de musgo y constantes lluvias, ese olor de hojas secas podridas que surge como salva cuando las lluvias rebosaban el techo y destapaban de golpe los desagües altos, anegados por el otoño, liberando un agua terrosa, llena de fragmentos de caracoles, excremento de pichones, babosas, polvo de líquenes».

Entonces venía el descubrimiento de su don para la danza y el movimiento, gracias a una frase decisiva de una maestra: «Esta niña tiene manos de pianista y camina como si estuviera sobre el agua». Eso convenció a su madre de inscribirla en clases de ballet y de llevarla de visita a la zapatería, donde su reflejo se multiplicaba hasta el infinito: «¡Cuántos espejos! Desde la entrada se repetía tu imagen y lo mejor eran los espejos para los pies: uno podía revisarse el calzado ante el cristal mágico. Ese mundo de cristal fue lo que me acercó a la magia y, la danza, a tratar de volar y de huir con mi propia magia… ahí aprendí la agilidad que me ayudaría a trabajar como escapista en un mundo inconcebible para mis parientes».

«Una mañana, por primera vez en tantos años, oí gritar a mi hermano. Corrimos a verlo hasta su habitación. El hijo de un invitado de mis padres le había quitado las vendas que siempre le cubrían el rostro y lo reflejaba en un espejo pequeño. Mi hermano lloraba porque nunca había visto su rostro. Entendí entonces porque nunca salíamos, porque no éramos una familia normal y adiviné el motivo por el cual mi papá nos había abandonado. Mamá lloró. Los abuelos se quedaron en silencio. El invitado no supo qué decir. Inmediatamente recogieron sus cosas y se fueron. Nunca había roto yo un espejo hasta ese momento. Mi hermano enfermó de escarlatina poco después y murió rápido.

»Comenzamos mamá y yo a alejarnos mutuamente, sin ningún pleito de por medio, y mi abuelito, que pasaba más tiempo en casa, se acercó a mí. Mi madre salía mientras mi abuelo me sacaba a la Plaza de Oriente. Vivíamos frente al Palacio Real, aunque casi nunca vi salir al rey. Sólo supe que si la bandera de España estaba en lo alto, era porque su majestad Alfonso XIII y su esposa inglesa se encontraban ahí o tomando misa en la Almudena. En esa Plaza mi abuelo y yo nos hicimos amigos de un ilusionista callejero que me enseñó los secretos de la magia. Se llamaba Abraham y tenía ojos azules y tristes como el mar de Galicia. Sospecho que el abuelo le daba una propina para que me revelase el secreto de sus trucos. El mago y mi abuelo me contaban los nombres de cada una de esas imágenes de bronce, salpicadas de blanca caca de pájaro, y sus relatos iban desde los reyes Ataúlfo, Eurico y Leovigildo hasta los más recientes. A veces discutían sobre las proezas o picardías de esas estatuas y yo me reía al ver tan de cerca la grandeza y el verdín de España representado en esa especie de panteón real. Por ese mago me enteré que de origen todas esas estatuas iban a estar repartidas en lo alto de la fachada del Palacio Real, hasta que la reina Bárbara de Braganza tuvo un sueño en el cual las figuras se precipitaban a la tierra, por lo que prefirieron instalarlas en la plaza. El mago me dijo que nunca hay que ignorar los sueños.

»A mí me aburría tanta lección de historia y el único monumento que me gustaba era el de "La Fuentecilla", que estaba en la Calle de Arganzuela, al otro lado de la Plaza Mayor, y porque en ese sitio había una larga acera que bajaba entre porches y vendían ricos azucarillos, donde mi abuelo me llevaba a las Fiestas de la Paloma. Él se entretenía charlando con un viejo criado de su edad y yo me sentaba a ver toda esa gente ir y a venir, y nuestro amigo, el mago callejero, trabajaba por ahí esos días. Un día me llamó la atención que la fuente fuera un monumento a Fernando VII, construido por el Conde de Moctezuma, Alcalde de Madrid, en el año 1814. ¿Qué hacía ahí el nombre de un emperador azteca al lado del rey que perdió esa colonia? ¿Me habrá nacido ahí el interés de huir hasta México al ver, con tanta sorpresa, ese nombre de tierras extrañas en el rincón más madrileño del mundo? Mi imaginación se llenó de guerreros vestidos de jaguares, de caballeros águila, hachas de obsidiana y soldados españoles con morriones y picas en alto, incendiando ídolos de jade. Sentada en esa fuentecilla también descubrí que nuestro amigo el mago era un excelente carterista: esa vez su mano no fue más rápida que mis ojos y supe que no se podía vivir sólo de la magia.

»En la Plaza de Oriente, una mañana nublada de octubre, el abuelo me reveló que mamá iba a casarse. Me quedé fría como un pino en la sierra del Guadarrama. ¿Cómo era posible? Mi abuelo lloró: no por la boda de su hija –luego supe que no habría boda, sólo se iría a vivir con un notario que siempre la había pretendido, y con quien se veía en secreto–, sino porque ya no me vería a mí, su nieta bailarina. Pensaban meterme en un internado, lejos de Madrid. Aunque no ataba cabos como una persona mayor, la certeza de que yo era un mal recuerdo que deseaban borrar me cayó de golpe. Tenía dieciséis años y en ese momento me volví adulta. Odié a mi madre, odié a su mundo, y a su gran hipocresía. Entendí algunas bromas secretas a la hora del rosario: las que más me irritaban eran aquéllas que se referían a mi inminente matrimonio. Decían que pensaban comprometerme antes de cumplir los quince. El marido que me mencionaban en broma era un señor mayor, un gordo con bastón de Malaca, que nos visitaba los domingos para tomar una copita de jerez con el abuelo. Mis parientes me iban a robar mi vida.

»En ese momento se acercó el mago Abraham. De seguro vio llorar a mi abuelo y esperó el tiempo justo para romper el drama. Empezó a hablar de la gente que podía volar, como Simón El Mago y demás hombres que desafiaron la gravedad. Mi abuelo contraatacó como siempre, hablando de ciencia y mencionó a Galileo, y el experimento de arrojar dos balas de cañón de diferente peso para demostrar que, gracias a la gravedad, ambas llegaban al mismo tiempo al suelo. Resultó que Galileo estaba también presente ahí en la Plaza de Oriente: la estatua de Felipe IV que relinchaba mirando hacia el Teatro Real, era la primera escultura ecuestre del mundo con esta disposición. Y Pietro Tacca, autor de la pieza que tomó el modelo de dos retratos del rey pintados por Velázquez, se asesoró de Galileo Galilei para que el caballo del monarca pudiese mantenerse exclusivamente sobre sus patas traseras, algo nunca hecho antes. La solución dada consistió en hacer maciza la parte trasera y hueca la delantera y así la escultura pudo desafiar y vencer la gravedad. Yo quería vencer la gravedad de mi situación, irme volando, mientras ellos hablaban de eso. Se me grabó con fuego en mi mente esa charla de ciencia, arte y realeza porque mientras sucedía yo era una tempestad de furia y emociones, a mis dieciséis años. *Todo lo que sube tiene que bajar*, decía el abuelo… *No necesariamente*, refutaba el mago. Todo lo que es sólido también se evapora en el aire, como los sueños, como el alma humana.

Esa noche escapé por mi balcón gracias a dos cortinas atadas, desafiando las leyes de la gravedad. Me fui a un rincón del río Manzanares donde acampaban los zíngaros y busqué a Abraham, que me inició en los caminos del mundo.

Jamás volví a mirar la Plaza de Oriente. Desde entonces, no he dejado de volar. Y yo hago mi propia magia…»

Ahí se detenía el diario. Ya no daba más detalles de su llegada a México ni de su alianza con Lorenzo Ludovico y Orsini. Cada enigma de su infancia me daba una luz difusa sobre la escapista de firme silueta que semanas atrás me había poseído y hoy me ignoraba. ¿Habrá alguien que entienda a las mujeres? Leí en una noche el diario y no me atreví a devolverlo a Florissa, pues temí que pensase que lo había robado. Finalmente opté por cerrarlo y dejarlo donde estaba. Al día siguiente ya no estaba en su sitio.

ANTONIO DE ORSINI

A la mañana siguiente debí salir con Antonio de Orsini en busca de leña de calidad, ya que los bosques de la vera del campamento sólo eran pródigos en matorrales y árboles de tronco pequeño, nada buenos para crear una fogata duradera. Al principio no charlamos gran cosa. Noté en sus gestos una menor resistencia a mi compañía; algo de mi disciplina y respeto a sus órdenes mellaron su anterior rechazo. Los secretos del lanzador de cuchillos no me fueron confiados por Ludovico, pero Antonio de Orsini me sorprendió con su historia completa al terminar de armar la fogata. A quemarropa me abrumó con la suma de sus obsesiones, sin ocultar jamás que las fuerzas de su mundo provenían de la codicia y del deseo de nunca vivir más en la pobreza. ¿Qué efecto deseaba provocar en mí con esa revelación súbita? ¿Le urgía hacerme de su bando, o más bien, de su banda?

—Parecerá cosa de hechicería, pero antes de ser lanzador de cuchillos y ladrón fui un destacado orfebre. El brillo de las joyas me deslumbró tanto que por una época de mi vida no fui ladrón, sino su fiel fabricante… pero mi cuerpo prefirió recibir directamente la energía secreta que emana de las piedras y tomarlas entre mis manos. La codicia y el afán de apropiarme de lo ajeno me llevaron a las joyas y mis manos, adiestradas para crearlas, se volvieron veloces para capturarlas al vuelo. A veces una gran canallada puede asegurarte una vida tranquila y plena de decencia a ti y a varias generaciones. Todos en la vida somos unos hijueputas.

»Esto comenzó en París. En el taller de un maestro joyero, monsieur Eliphas Roquebrune, un anciano de rostro perdido entre blancas barbas, con una eterna lupa en el ojo derecho. Yo era adolescente; mis padres me echaron y viví en las calles durante semanas, aprendiendo a robar; al volver a casa descubrí que los viejos habían regresado a Toledo, que era la ciudad de donde proveníamos y donde eran fabricantes de puñales. Jamás volví a saber de ellos.

»La joyería tenía pocos clientes pero eran muy respetables. El primer automóvil que miré en mi vida se estacionó ahí, un Renault cuyo chofer manejaba las velocidades con una palanca externa. Decidí ganarme la confianza de monsieur Roquebrune y me ofrecí de aprendiz, con la intención de estar en el taller varios meses, quizás años, hasta que un día, ganada ya la credulidad del viejo, huiría por la vía de Marsella, dejando al anciano con el lente de aumento como único recuerdo de su riqueza.

»Pasó lo inesperado. El viejo Roquebrune me dio toda su confianza y su cariño. Y yo lo acepté porque necesitaba las dos cosas. Escuchaba ahí las charlas más inesperadas y aprendí el lenguaje secreto de las joyas, los clientes y el halago discreto.

»Al entrar al taller me fascinaron las mesas de trabajo, el brillo de las herramientas y los punzones de caprichosa forma.

Los martillos miniatura, los yunques que eran una joya, limas y seguetas que merecerían un relicario. El viejo esclavizaba a tres ayudantes que se comportaban ante él como si fuera el gran maestre de una logia mineral. El viejo era un espectáculo con su delantal de cuero de cabra, la mesa atiborrada de objetos, vasos de cristal y ácidos de color verde donde dejaba caer las piezas luego de trabajarlas; la mano en un ir y venir sin quemarse al sacar las piezas. Luego me enteré de que eran ácidos rebajados con agua, pero ya me había deslumbrado este taller de alquimista donde el viejo dominaba los elementos. Yo sólo salía del taller los jueves, día que con elegante chaqué recibía a los clientes en la puerta. Monsieur Roquebrune nunca atendió a más de dos en un día. Pronto comprobé que eran más que suficientes. Sus favoritos eran los recién casados. No tanto por la esplendidez de los novios. Le agradaba ver a la gente feliz. Decía que ésa era la verdadera función de las piedras, además de cubrir con su peso a los muertos, generar la eternidad con una simple sortija de diamante.

»Fue a principios del siglo XX. Ya había pasado el bullicio de la Feria Mundial; la inauguración de la Torre Eiffel no era motivo de discusión. El mundo de las joyas había dejado atrás la euforia de René Lalique, hasta entonces fabricante de cristal, cuando asombró a su época con las joyas creadas para Sarah Bernhardt en su papel de Cleopatra: un dragón alado, atrevidamente combinado con el cristal, y el color esmeralda, tan teatral que marcó otro rumbo en la orfebrería. Lalique odiaba las joyas recargadas, dominadas por el diamante, y comenzó a combinar esmaltes, perlas y una galaxia de piedras semipreciosas en diseños geométricos. Yo presencié un adorno de pecho en forma de verde libélula con torso de mujer, piedras de luna y oro. Georges Fouquet, Colonna y Feuillâtre siguieron su camino. Roquebrune aprovechó y se convirtió en el amo del diamante. Y tuvo sus clientes fieles, sobre todo gente que no aceptaba las nuevas tendencias que llegaron hasta Cartier y Boucheron. Ah, Cartier, ese pícaro custodio del diamante azul de Francia. Un detalle importante: le encantaba comprar o vender mapas. Tenía una obsesión por hallar rutas de tesoros misteriosos. África y la India eran los mundos que deseaba cartografiar con su mirada y fortuna. También compraba libros antiguos porque deseaba conseguir un inconseguible *Manual de Mineralogía Fantástica*.

»Yo era un adolescente. Roquebrune hablaba y mostraba sus diamantes bajo la luz del brandy. Las montañas de la India y el sur nevado de África aparecían en su charla junto a la colina de Montmartre, luego de recorrerla a paso de bastón. Por él supe de Simbad el Marino y su encuentro con los diamantes, cuando escapó de una isla desierta atándose con su turbante a la pata de un ave *rokh*, que lo arrojó a un valle desértico entre las cimas. Cientos de serpientes brillaban en el suelo y decenas de diamantes fulguraban como los ojos de un reptil a punto de arrojarte su veneno. Los diamantes traen la muerte consigo.

»Simbad pensó morir hasta que vio un trozo de carnero caer de lo alto y descubrió que era cierta la leyenda de la tribu hindú que arrojaba trozos de carne, en espera de que las águilas y el ave *rokh* los capturaran luego de haberse incrustado las piedras ellos. Simbad se ató un cuarto de carnero –luego de guardarse varias piezas en la ropa– hasta que el ave lo sacó de la barranca y fue rescatado por los hombres de la tribu. Yo pensé que podía aguardar un golpe de suerte como ése. Sí, tendría que esperarlo. Yo robaría la tienda de Monsieur Roquebrune. Me metería al foso de las serpientes.

»Un día Roquebrune decidió revelarme un secreto. Me citó por la noche y me pidió llevar mis mejores ropas porque cenaríamos solos. Comprendí que era mi oportunidad. Su familia no estaba en París, habían ido a un sepelio en Auxerre. Si me invitaba a entrar en su casa podría matarlo y llevarme las piezas verdaderamente valiosas. Difícilmente volvería a toparme con una oportunidad como ésta para dar el golpe definitivo.

»Esa noche había una cena exquisita preparada para los dos sobre una mesa recubierta con un mantel azul y cubierta con relucientes tapas de plata. Confieso que me incomodé al tomar asiento ante el barbado anciano que habló en un lastimero tono paternal. Llevaba la medalla que le obsequiara la emperatriz Eugenia. Decidí dejarle probar su cena y matarle al último. Fue entonces cuando me contó la historia que entrecruza los mitos con la magia: la historia del diamante maldito, el azul de Francia, la gran piedra robada a la India milenaria.

»Se trata de un diamante que durante décadas ha viajado de la realeza a la vileza. Un gran pedazo de carbón cristalizado por el fuego de un volcán y emanado desde las entrañas de la tierra. Casi 112 kilates que se convirtieron en 55 al momento de cortarlo. Fue encontrado en la India por un aventurero, Jean-Baptiste Tavernier, quien lo robó de la cabeza de un ídolo de la diosa Sita en 1668 y luego se lo vendió a Luis XIV. A la fecha, ha circulado de mano en mano y su poder es tan grande que la gente que lo tuvo entre sus dedos ha muerto en circunstancias trágicas. El propio Tavernier fue devorado por una jauría de perros salvajes en Rusia, según la leyenda, aunque algunos dicen que en realidad murió de un simple resfriado, luego de que uno de sus sobrinos lo despojara de su fortuna. De todos modos, terminó mal.

»La realeza lo llamó *el Azul de Francia*. Luis XVI lo llevó con orgullo durante todos los días importantes, exceptuando, por supuesto, la mañana de su decapitación. En 1792, las joyas de la realeza fueron robadas de la tesorería del gobierno revolucionario y durante veinte años desaparecieron. Una pintura de Goya de esos tiempos revela en la reina María Luisa una joya parecida, pero no hay evidencias de que haya llegado allá, e incluso se diría que la piedra que aparece allí es mucho más grande que la original, aunque hay quien afirma que el tamaño impuesto al adorno era un simple halago del pintor. Otros dicen que el rey Jorge de Inglaterra también lo tuvo y lo vendió por problemas financieros. En 1830 los banqueros Hope, que fueron a los Estados Unidos para participar en la venta de la Louisiana, lo adquirieron de manera legal y durante un tiempo le dieron su nombre, hasta que lo vendieron a un comerciante francés que enloqueció poco después de comprarlo.

»Más tarde, la piedra llegó a las manos del sultán Abdul Hamed, quien lo usó en la hebilla de su cinturón y a veces se lo prestaba a una concubina. Del harén pasó a Pierre Cartier, quien se lo vendió a una millonaria norteamericana, hija de un buscador de oro que encontró una mina generosa en las montañas de Colorado. Evelyn McClean se había casado con uno de los hijos del dueño del *Washington Post* y vivieron una luna de miel que duró un año. Ella siempre afirmó que, años antes de adquirirlo, había visto el diamante azul en el palacio del sultán, llevado en el cuello por una mujer gorda que lo portaba con sublime indiferencia.

»En 1910, ella estaba en París cuando el pícaro e ingenioso Cartier fue a su mansión para ofrecérselo por 180,000 dólares. Ella lo rechazó: a pesar de que la leyenda le atraía y afirmaba haberlo visto en Estambul, no quería acercar la mala suerte a su vida llena de riquezas. Cartier, que era un gran vendedor, ofreció prestárselo nada más por un fin de semana, a ver qué le parecía. Esa noche Evelyn no durmió mirando la piedra azul y al amanecer decidió comprarlo y quedarse con él. Firmó un contrato donde Cartier se comprometió a devolverle la cantidad, si a alguien de su familia le acontecía una desgracia. Ahora ella suele pasear a su perro gran danés con el diamante en su cuello porque, según afirma, así no le afectará la maldición de la diosa de la India.

»A Roquebrune no le importaba esa frivolidad: lo que le interesaba era saber qué había pasado cuando el diamante fue cortado de su forma original, casi sin aristas, hasta dejarle el estilo propio de estas joyas. Mucha gente indocta cree que la otra parte del Azul de Francia anda rodando por su cuenta, invisible hasta ahora, pero no saben que al cortarse un diamante, el resultado no es otro tesoro más pequeño, sino simple polvo de diamante. Mi teoría es que Tavernier robó dos piezas originalmente, y, con toda inteligencia, le escondió al mundo la existencia de una de los dos. Por algo descansaban en los ojos de una deidad mitológica.

»Óyeme bien, me dijo Roquebrune esa noche, todo lo que quiero para el fin de mi vida es ese diamante. Quien lo tenga y sepa usarlo alcanzará la salud y una especial forma de la inmortalidad sobre esta tierra. Pienso darte todo lo que tengo en mi tienda si vas a robarlo a la casa de Florian

Dominique, uno de los ayudantes de Cartier, que ha decidido ponerlo en venta en secreto. Yo sé dónde está. Quiero esa pieza para no morir de viejo. Te daré esta tienda. Rousseau vendrá hoy a hacer el trato y no aceptaré. Tú seguirás luego al desgraciado y lo matarás con un arma que voy a darte. Mira la tienda. Es una riqueza que nunca podrías acabarte.

»El viejo había decidido dejarme todo y sólo me pedía conseguirle el diamante. La daga oculta en mi bolsillo se volvió un hierro candente a punto de caer al suelo. ¿Y yo deseaba matarlo esa noche? Miré su cabellera ceniza, iluminada por el palpitante mechón de la lámpara de gas que tras la ventana fulguraba en su burbuja color crema. Nunca imaginé lo que iba a ocurrir. Entonces yo me sentía muy listo, bastante listo, pero en el mundo del crimen siempre hay alguien que nos supera y no lo sabemos hasta que nos vence o traiciona.

»De repente, la ventana se hizo trizas. Los asesinos se lanzaron sobre el cuello de Roquebrune y yo me escondí bajo la mesa para enarbolarla como escudo. Sabían todo. Que íbamos a cenar solos, que no estaba su familia, sabían de la gran riqueza oculta bajo el escritorio de tapa plegadiza. Lo degollaron de inmediato; no necesitaban preguntar dónde ocultaba los diamantes. Yo en cambio sí sabía cuál era la vía de escape más cercana, en el piso superior.

»Hui por los tejados, era inútil permanecer ahí, y salí escoltado por la luna como Fantomas, el legendario ladrón de joyas de los folletines del siglo xix. Comprendí que no sólo había perdido las dos grandes oportunidades de mi vida, sino que sería perseguido por la justicia como principal sospechoso del robo a la joyería de Roquebrune. La familia a su regreso podría comprobar que yo había estado a solas con él esa noche.

»Ante la vehemente cara de la luna tome la decisión. No podía irme así. El asesino siempre regresa al lugar del crimen. Decidí volver y robar los diamantes ocultos en la gaveta de las imágenes sagradas. Con suerte los asesinos ya habrían salido de la casa. Con un milagro la policía no estaría ahí. Desanduve el camino saltando entre buhardillas y techos de pizarra, escaleras de caracol y balcones voladizos, hasta volver a la casa de Roquebrune.

»No había nadie. Las luces seguían encendidas y el humo tímido de las velas se apagaba en el candelabro, a punto de extinguirse. El viejo yacía con una expresión de espanto y su mano, fija en el cuello, había tratado de taponar la hemorragia que volvió negra su camisa de blanco paño. Hijueputas. Levanté la mampara con las imágenes rusas y ahí estaban los diamantes, que eran el capital para emergencias. Tomé las riquezas, escapé de París y de la Francia entera. Simbad salía de la India con los diamantes escondidos en el interior de su camisa y comenzaba sus primeros viajes en el gran ruedo de los cuchillos y las joyas. Y años después, escuché lo que decía en voz profética el Libro de las Mil Y Una Noches: «Adonde quiera que vayas te seguirá la sangre que derramaste, el árbol que has herido, la noche en que concebiste los hijos que has abandonado, oh, desdichado: cuídate de esa larga soledad sin oración y sin medida».

»Todo lo perdí. Nació en mí una obsesión por encontrar el azul de Francia. Descubrí, ya con dinero para averiguarlo, que Rousseau había engañado a Roquebrune para ganarse su inocencia y asaltarlo. Pobre viejo. Rousseau nunca estuvo cerca del diamante. La copia del azul de Francia, el otro ojo del ídolo de Sita, era el que concentraba el mal y no el que portaba la irredenta millonaria. Ese diamante llegó a México en el año de 1880, cuando lo adquirió la soprano Ángela Peralta en una gira por Egipto. Otros dicen que arribó a través de España pues el que pintó Goya era la otra pieza perdida. También se afirma que llegó con un pirata de Holanda. No sabemos con certeza, pero estaba en América y decidí atravesar el mundo para conseguir la pieza. Ya no tenía los diamantes de Roquebrune, pero me quedaban mis dos manos, mi fuerza física, el vuelo preciso de mis dagas y la única forma de darle sentido a mi destino. Conocí a Ludovico, otra alma en pena en busca del Azul de Francia, aunque por otros motivos. Y en el camino, por verdadero arte de magia, apareció Florissa. Acababa de morir Harry Houdini y ella había sido parte de su mundo.

»Ahora vamos a Mazatlán. Ahí está la piedra y la robaremos. Estoy a punto de deshacer la compañía para no dejar huellas. Sólo iremos Ludovico, Florissa, Shackleton, tú y yo. La riqueza del diamante alcanzará para nosotros. Ahora calla y confía, que sólo así se puede sobrevivir en el mundo de la vagancia. Y aprende todo lo que puedas de Ludovico. Lo único que he descubierto, en todos estos años, es que la riqueza y la magia son una sola. Hasta ahora yo podía olvidar la miseria del corazón humano cuando estoy haciendo magia y haciendo la magia. Pero con el tiempo, eso dejó de ser suficiente. Necesito estar junto a algo más grande que yo para sentir la verdadera fuerza, la real energía que emana del ánima del mundo y proyecta su sombra… Y ya he vivido suficiente en el lado de las sombras. Así que ahora ya lo sabes todo y demasiado. No puedes irte hacia atrás. Estás dentro. Estás con nosotros. Sabes que mis cuchillos pueden llegar muy lejos. Ni siquiera nosotros podemos detener esto que se inició en la India o quizás en el centro mismo de la tierra, a la hora que la combustión formó ese diamante y lo arrojó a rodar por el mundo. Hemos olvidado todo lo que somos y sólo ese cristal nos devolverá la calma, la cordura o la vida; sólo espero que su brillo no nos lleve con su magia al reino de la muerte.»

SHACKLETON

Yo CONOZCO EL VERDADERO SECRETO. EL DIAMANTE azul de Francia llegó a Mazatlán en la nave pirata del holandés Oliver van Noor. En tiempos en que el golfo de California hervía de navíos en pie de guerra, el diamante vino a dar a estos rumbos y, según nos cuentan, un cambista polaco de Mazatlán se lo compró a Van Noor, a quien urgía reparar sus naves luego de una turbonada y el encuentro con una fragata inglesa en Islas Isabeles. Desconocía el valor de lo que le estaba vendiendo. Así, los piratas de Vlissingen, que se habían apoderado del diamante, lo dejaron en esta ciudad. Al morir Ángela Peralta, el comercio local de joyas se reactivó ante el temor de la peste y la necesidad de comprar riquezas portátiles. Ahí aparecieron los primeros indicios de que el diamante se ocultaba por estos rumbos… Vamos por él, compañero. Yo le di esa información a Antonio de Orsini y por eso me trajo con él. Sin mí no puede robarlo, sin mí no puede hacer nada. Ya te darás cuenta por qué. Yo fui quien robó en San José el *Manual de Minería Fantástica*.

La cuerda dorada

ANTES DE LLEGAR A MAZATLÁN ACAMPAMOS EN UN molino abandonado a la vera del río Presidio. La compañía fue disuelta por Orsini con unas escasas palabras a la sombra de un laurel añejo. Para Isadora Zizanha, Lucca o la mujer rubia de la que nunca memoricé el nombre, no fue ningún conflicto. Eran artistas de la legua, acostumbrados a esas repentinas desapariciones y las entendían. De cualquier manera, no podríamos volver a pisar en años los poblados importantes de la región.

Ahí fue donde Florissa y yo hicimos de nuevo el amor. Después de días de lejanía e indiferencia, volvió a irrumpir en mis noches. Nos habíamos quedado solos luego de que Lorenzo y Antonio salieron de cacería y Shackleton tuviera a bien irse a buscar en el bosque el material de su cigarrillo contra el asma. Fue la primera vez que Florissa me habló con la verdad y me confirmó que ella y los miembros sobrevivientes de la comitiva planeaban robar el diamante. Que acampamos en el molino porque era un sitio perfecto para esconderse luego de huir. Y me confesó que fue ella quien dejó su diario en mi catre.

—Escúchame bien: vamos a robar tú y yo el diamante maldito en Mazatlán. Ahí está. El fragmento perdido brilla en aquel sitio. No, no se ha roto al cortarlo porque la joya era mucho más grande de lo que cuenta la leyenda. El que aparecía en público en ceremonias de la corte y retratos oficiales era una copia parecida que nadie podía tocar. Fue la garantía del reino y se mantuvo oculto durante décadas. El diamante existe. Y será para nosotros dos.

Llegó al puerto por coincidencias que sólo la codicia y la magia pueden provocar. Lorenzo Ludovico y Antonio de Orsini se han aliado para apropiarse del poder del azul de la India, como también se le conocía. El gran Ludovico comprobará si la piedra tiene las facultades mágicas que le atribuye la leyenda, y le pedirá que realice grandes prodigios. Si no puede darle los dones que espera, Antonio lo venderá a los grandes joyeros que conoció en Europa y ambos compartirán las ganancias. El dinero de la venta nos haría libres y poderosos. Pero la magia de Ludovico, en cambio, nos haría invencibles. Por ello hemos andado errantes por esta sierra y ahora vamos hacia el puerto, como una caravana de gitanos de la que nadie sospecha y la que, al desaparecer, la gente dará por inútil volver a encontrar.

Ahora ya sabes por qué gente como nosotros, «de cierto mundo», como dices tú, hemos errado por esta región bajo la forma de un vulgar y predecible grupo de cómicos. Pero debes saber algo: la verdadera magia no es la que realiza Antonio, ni tampoco la que ofrecen las visiones de Lorenzo Ludovico. La magia real la haremos tú y yo. La joya será para nosotros. Vamos a quedarnos *tú y yo* con el diamante maldito. Deja que esto siga su curso; en Mazatlán haremos el prodigio. También nos jugaremos el alma y ganaremos.

Mazatlán. El olor insistente del mar. La cristalizada artillería de la sal.

No haremos función callejera en la Plaza de Machado: iremos directo al teatro. El gran Fu Manchú ha estado recientemente y eso ha legitimado la magia. Si antes apareció aquí Fu Manchú, ahora los mazatlecos conocerán a Florissa, la novia de Houdini, la genial estratega en el arte de burlar la muerte. Ya el gran Ludovico se ha presentado ante el propietario y le ha mostrado los carteles de la época en que él formó parte de la tropa de Rodolfo Valentino y erró por los teatros de los Estados Unidos. Sí, Florissa descenderá en Mazatlán junto con el portentoso Lorenzo Ludovico.

Según Florissa, el diamante maldito está en la casa de la familia Valcorba y Díaz, comerciantes originarios de Valladolid que llegaron a Mazatlán luego de la invasión napoleónica a España y decidieron instalarse en el puerto. Florissa conoce la historia de tanto que la han repetido Lorenzo Ludovico y Antonio, a fin de revisar los más inesperados detalles, y procede a contármela tan pronto llegamos al puerto. Los hermanos Valcorba habían servido como voluntarios contra los dragones de Napoleón y empuñaron fusiles en Barbastro y el levantamiento del 2 de mayo. Sus descendientes ahora poseen una próspera casa de importaciones y, desde hace más de un siglo, son dueños de la otra parte del diamante.

¿Cómo se apoderaron de él? Parece ser que durante la batalla de Bailén, por alguna inexplicable circunstancia, la pieza era transportada en secreto por las fuerzas de Pierre-Antoine Dupont, quien cabalgaba confiado hasta que las mal armadas tropas de Castaños atacaron desde Andújar, logrando la inesperada victoria. En el caos de las escaramuzas previas un transporte de municiones fue detenido por los hermanos Joaquín y Fernando Valcorba, quienes con un grupo de sevillanos sometieron al escuadrón que lo escoltaba. Entre sacos embreados, balas de cañón y culatas de fusiles, reposaba el demonio azul que había pendido del pálido cuello de María Antonieta de Francia. Era la madrugada del 19 de julio de 1808. La batalla de Bailén iniciaba a la par de la caída de Napoleón.

Cuando aquel par de campesinos españoles se apoderó del amuleto, el mito de la invencibilidad del emperador se vino abajo. Las derrotas comenzaron a sucederse una tras otra. ¿Coincidencia? Muy probablemente. Aunque hay gente señalada por el destino a quienes los objetos malditos le otorgan buena providencia.

Los Valcorba no sabían lo que tenían en sus manos, pues el diamante venía recubierto con una capa de esmalte azulado y podía pasar por otro tipo de objeto. Joaquín Valcorba decidió conservarlo por puro gusto e instinto y la pieza anduvo en su cuello lo que duró el tiroteo, hasta que salió de la península y tomó un barco que lo trajo a México. Aquí participó como voluntario en la fracasada lucha de independencia que iniciara Francisco Xavier Mina, *el Mozo*.

Valcorba se volvió lugarteniente del joven militar de Navarra y antes de la fallida cruzada en América, anduvo a salto de mata con él, hostigando a los franceses, hasta que fueron capturados en Labiano y compartieron tres años de prisión en Vincennes. Al ser libres, trataron de luchar contra el gobierno de Fernando VII y volvieron a Francia, donde descubrieron al mexicano Fray Servando Teresa de Mier. Ahí nació la idea de llegar a la Nueva España en una expedición libertadora. Los ideales que se habían perdido en España podrían volver a encenderse en América.

Derrotados y capturados por los realistas, Valcorba escapó de milagro del Fuerte de los Remedios, en Guanajuato, donde fue fusilado Xavier Mina. No sé sabe bien qué hizo a partir de ahí; él mismo guardó el secreto celosamente, pero lo encontramos en Mazatlán ya más maduro y dedicado al comercio, luego de la lucha de independencia, a donde llegó posiblemente con el apoyo de la familia del cura Miguel Hidalgo. De hecho, en ese tiempo, Mazatlán era tan pequeño que fue conocido con el nombre de Villa de los Costilla, nombre de los parientes del líder del movimiento de independencia.

A pesar de tantas heridas en combate y privaciones, Valcorba alcanzó edad muy avanzada y murió en Mazatlán en 1864. Ni siquiera en sus últimos días perdió su capacidad de rebeldía. Cuando la fragata Cordelière cañoneó el puerto, todavía salió a arengar a la multitud y se mantuvo literalmente al pie del cañón de la batería portuaria. No le hizo ninguna gracia que, justamente en vísperas de su muerte, la ciudad en que se había establecido estuviese a punto de ser tomada por los franceses. Buena parte de su fortuna, obtenida en el comercio, se destinó a apoyar el movimiento de rebelión contra las tropas de Napoleón III. Había combatido en su juventud contra las tropas del abuelo de quien ahora pisoteaba el país elegido para vivir y morir en libertad y no iba a cruzarse de brazos.

¿Y el diamante? Durante todo ese tiempo pendió de su cuello sin adivinar que portaba el legado de numerosas dinastías que terminaron de modo trágico, suspendido bajo su cubierta de esmalte, y eso lo protegió de la muerte. Si el diamante cae en manos de quienes desconocen su poder, no funciona del todo y lo único que sucede es que te libra de muerte repentina y te acerca el éxito a la hora de emprender cualquier empresa. Para despertar su magia, para acceder al orden del caos y despertar la matemática cifra del poder absoluto, es necesario que un sabio como Lorenzo Ludovico lo tenga entre sus manos. A eso hemos venido.

—La pista de las joyas de Ángela Peralta es falsa. El azul de Francia está en la casa de la familia Valcorba y Díaz, aquí en Mazatlán –dice Florissa–. Lo tienen resguardado en una urna de bronce y cristal, junto a un alto retrato al óleo del legendario patriarca y aventurero, Joaquín Elías Valcorba, cazador vallisoletano convertido en combatiente de dos guerras de independencia. Aquí está, con su brillo opacado por la grosera mano del esmalte. La familia no sabe del secreto del diamante y, al parecer, Joaquín Valcorba nunca les contó dónde lo obtuvo. Shackleton y Orsini se enteraron de manera incidental cuando el nieto de Valcorba intentó descubrir el origen de la pieza de esmalte en un viaje a la ciudad de México, dejando clara su intención de no venderlo. Shackleton era ayudante del taller de joyería que Orsini montó en la capital y, al sentir que había algo extraño en el objeto, acudieron ante el mago más poderoso que conocían, y ése era Lorenzo Ludovico, quien percibió su fuerza tan pronto lo tuvo brevemente en sus manos. Y hemos venido a robarlo. Si no podemos entrar, eso no será obstáculo. Haremos que la piedra venga directo a nosotros.

—La cita es en el que fuera el Teatro Rubio y hoy es el Cine Ángela Peralta. Equipado con abanicos eléctricos para mayor comodidad de los asistentes. Hoy presentaremos la poderosa magia de Florissa en la que fuera la casa de Ángela Peralta. Veremos a la escapista prodigiosa. A la novia de Houdini. Véanla aparecer y desaparecer en la cima de una nube. Como un acto de promoción gratuito, mañana escapará de un ataúd que arrojaremos en el muelle. Y este próximo viernes, día que las energías terrestres y las fuerzas inmemoriales tienen asamblea, Shackleton y el Gran Ludovico podrán revelarles a ustedes los arcanos del Más Allá que se llevaron sus parientes. No espere hasta el día en que bajará su cuerpo al camposanto para enterarse de la última voluntad de sus padres, abuelos o hermanos. Traiga los objetos personales del difunto. No deje pasar esta vida sin conocer los misterios que nos aguardan al otro lado de la tumba. Estos secretos estarán a su disposición este viernes gracias a la nigromancia del gran Lorenzo Ludovico. Los niños que puedan realizar el siguiente dibujo de un solo trazo, y sin repetir línea o doblar el papel, podrán entrar gratis al momento de rehacerlo en la taquilla. (Al final de la tarde, y con sus padres fascinados de verlos tan entretenidos

resolviendo el acertijo, a todos les costará horrores reconocer que es imposible hacerlo.)

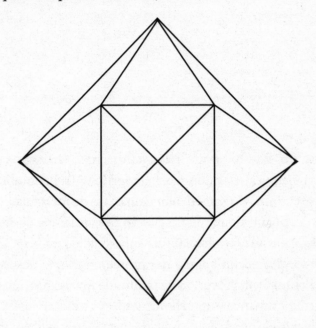

Quietud. Bambalinas. Tragaluces amordazados que denuncian destellos de sol en sus vértices. La penumbra de los camerinos. Un remoto olor a miasmas de murciélago que llega al rincón donde Florissa y yo descansamos desnudos, sobre la enrollada y diamantina superficie de un viejo telón, abandonado en un ángulo del proscenio al que desciende una desquiciada procesión de puntos de luz. La función será a la cinco y hemos venido desde las tres de la tarde para que Florissa mida con sus pasos el escenario y no se lleve ninguna sorpresa al dar los saltos mortales. Antes de eso hicimos magia verdadera. Y no necesitamos de ningún diamante. Florissa duerme y al mirar su rostro me pregunto si seré suficiente para ella. Trato de no pensar en ello. La pregunta se niega a dejar su sitio. ¿Florissa sólo quiere utilizarme? ¿Me han reclutado todos sólo para contar con alguien conocedor de la región para, al final, dejarlo como único y visible culpable del robo? Me pareció fundamental exagerar mis precauciones en los pueblos vecinos a Mazatlán, por si acaso así lo habían concebido. Pero es tarde. Alguien podrá reconocerme.

Florissa abre los ojos. Un asterisco de luz posado en su pómulo le hace parpadear y mover su cuello de amazona, y se acomoda más sobre mi hombro. Robaremos ella y yo el diamante antes de que la familia caiga en la trampa planeada por Orsini y Ludovico. A veces la gente de alcurnia, portando algún objeto especial, se acerca a pedir una sesión privada a fin de no exponerse a la mirada pública y confirmar de manera definitiva las sospechas de sus vecinos. Tenemos cinco días antes del viernes. Shackleton, quien como siempre ha venido a la ciudad como avanzada, ha observado a la familia Valcorba y Díaz con atención.

—Son muy huraños. Carecen de vida social. Tal vez el miembro más crédulo sea la hija más joven, Imelda Valcorba, lánguida rubia que varias veces se ha desmayado en público, víctima de esa penosa sensibilidad propia de las señoritas de su clase y un mal de familia que sólo afecta a las mujeres. Los demás son hoscos varones que, criados en la defensa instintiva de todo comerciante, desconfían de cualquier desconocido por simple costumbre aprendida tras el mostrador y la mesa de los naipes.

Shackleton y Lorenzo Ludovico comenzarán a hacerse los encontradizos con cualquiera de ellos así como lo hicieron conmigo en mi pueblo. Mi pueblo.

Florissa y yo nos adelantaremos. Pasaré a visitar a la familia Valcorba, mañana mismo, acompañado por la diosa del escape. Ella irá de incógnito, la cara entrecubierta y un peinado que evitará que la reconozcan como la saltimbanqui arribada al teatro, teatro que cada vez baja más el nivel de sus artistas en gira, comenta con malevolencia alguien cerca de nosotros. Me identificaré como lo que soy: como el hijo de un viejo empleado de la Compañía Minera de San José, quien ha venido al puerto a traer un regalo, en memoria de la generosidad que tuviera en su tiempo don Joaquín Elías Valcorba con mi padre. Florissa mirará entradas y salidas, ventanales, la forma de las cerraduras, los sitios donde se guardan las llaves, todo lo que deba conocer una mujer que, con un torzón oportuno en las cadenas o con la ayuda de minúsculas ganzúas es capaz de abrir feroces candados de golpe; una mujer que es capaz de dar un brillante paso de ballet en la oscuridad, tan sencillo para ella como darlo en el interior de un ataúd que se sumerge entre las aguas.

Ahora, aún sobre el mullido telón y luego del reencuentro de la piel y las artes del cuerpo, Florissa me explica de su desdén hacia mí en días anteriores. No quería despertar la menor suspicacia en los otros integrantes de la tropa. Tal vez yo no lo haya percibido, pero la búsqueda del diamante los ha agotado a todos; incluso meses antes de mi llegada. No hay nada más frustrante que vagar en busca de algo que quizá no existe. Antonio de Orsini, ya lo comprobé, es el más irritado porque ha perdido mucho dinero en esta cruzada y tal vez pierda más; de ahí que Florissa no intentara alertarlo con la menor sospecha en mi contra. Orsini vendió su taller de joyería y agotó su capital mientras peregrinaba en busca del vellocino de oro. A los demás les bastó abandonar los escenarios donde realizaban sus pueriles actos de ilusionismo.

—Gracias a Orsini escapé de España; mi familia escuchó rumores de que yo andaba con una recua de cómicos, bailaoras y banderilleros en venganza a ellos y mandaron buscarme. Antonio iba de paso por Toledo rumbo a las Américas y me subí con él a esta mojiganga. Un tiempo nos separamos y trabajé en Nueva Orleans, donde me integré a la gira de Erich Weiss, para entonces, Harry Houdini. Allá me topé con Ludovico y luego el diamante volvió a reunirnos. Yo ya no podía trabajar en la Unión Americana porque la viuda de Houdini me detesta. Entonces inició esta búsqueda. Son demasiadas coincidencias para no seguirlas. Tú te llamas como el mago callejero que salvó mi vida.

Mi escapista vuelve a moverse en la tibieza del telón. Puedo sentir el roce de su sexo húmedo en el breve instante en que se reacomoda y posa su barbilla en mi hombro, hasta quedar más holgada y cerca de mí. ¿Éste es el momento de hacer la pregunta? ¿Antonio de Orsini es el padre con el que lleva una siempre contrariada relación de incesto? ¿O fue él quien la descubrió y convirtió en la verdadera sacerdotisa del escape y fingen el nexo familiar para pasar desapercibidos? ¿Cómo nació ese vínculo que se percibe tan fuerte y domina los hechos de cada uno de los dos? Me pregunto si tal vez Florissa siente que le adeuda los años de aprendizaje, deuda que a veces se vuelve esclavitud, al grado de no creerse capaz de romper el vínculo de manera definitiva. Parece adivinar mis pensamientos; quizá la tensión repentina de mi cuerpo le ha alertado de la vibración provocada en mí por la mención de Antonio de Orsini.

—Tú no lo sabes y muy pocos podrán adivinarlo. El beso que me da Antonio antes de meterme al ataúd es totalmente falso. Al besarme con tanta fuerza es cuando Antonio me entrega el juego de llaves de las cadenas que me cubren. Por eso pide que pongan más clavos y clavos, para darme tiempo de soltarme antes de entrar al agua, tal como tú lo hiciste en San José. El ataúd tiene doble capa de madera y los clavos adicionales que ponen no llegan hasta la verdadera puerta, la cual yo abro gracias a una palanca disimulada en el interior. Ese beso que me abulta las mejillas es totalmente falso, entiéndelo. Mañana empezaremos tú y yo otro acto de escape. Pero antes deberemos ir por la piedra maldita que ha matado a tanta gente.

Salimos temprano por la mañana, Florissa con un vestido inimaginable para ella, larga tela de gasa color violeta, una guirnalda de ligero encaje colocada sobre su espalda, que se quiebra sobre su cintura hasta llegar al otro lado de la cadera. La gente la observa sin saber que miran a la ilusionista que los cautivará al día siguiente en el escape del muelle. Decidimos acercarnos a la finca de Valcorba hacia el mediodía, hora de menos tráfico humano en la calle; las ciudades pequeñas siempre han sido el mejor caldo para los rumores. Al dar con la finca, separada tan sólo por una calle del teatro, Florissa me hace un gesto triunfal: no es necesario que entremos a ver dónde está el diamante. Ha detectado una ventana alta, por la que podrá introducirse fácilmente por la noche, sin necesidad de trepar la fachada, dando un salto mortal desde el laurel de la India que sombrea a unos pasos de la mansión. Sí. La diminuta ventana no es lo suficientemente apretada para una cintura como la suya y un cuerpo acostumbrado a escapar por la más estrecha fisura.

Luego me obliga a observar con atención la alta fachada. Casi podría decir que conoce a dónde se dirigen las líneas de la construcción y la disposición total del interior con sólo ver la ventana una vez. Esa protuberancia escasa que hay bajo la ventana, rematada con un disimulado florón de yeso, revela que dentro de la mansión, a esa misma altura, existe una gruesa viga que va de lado a lado de la sala principal. De no ser así, en caso de que la hayan removido para mejorar la vista a riesgo de debilitar los muros, seguramente quedará un mínimo promontorio del que podrá sujetarse y tender una cuerda con nudos mágicos. Ya adentro, descubrirá cómo salir sin hacer ruido. Va a ser fácil. Nadie imagina a alguien capaz de meterse por esa inalcanzable ventana y luego saltar a la quieta galería. Y menos a una frágil mujer.

—Conozco una casa parecida. Aunque no lo creas, la arquitectura es un arte que se repite bastante, sobre todo en mansiones como ésta. Por fuera son distintas; pero los interiores no siempre cambian del todo, y más si el dueño mandó construirla con un arquitecto de renombre. A veces sucede que la gente visita una casa a la que nunca ha entrado y se sorprende adivinando la disposición del sitio, creyendo que vivieron ahí una existencia anterior, cuando lo que sucede es que ya han conocido una casa similar. No se percatan de la diferencia porque los muebles y demás objetos impiden captar estos pequeños detalles que hacen iguales a los recintos… Esta casa es nuestra y también el tesoro que tiene adentro. No necesitamos montar ninguna comedia ni compartir nada con nadie. Soy maga. Mi trabajo es observar y darme cuenta de las cosas, anticipándome a todo. Casi puedo adivinar en qué rincón de la finca esconden sus tesoros.

Volvemos a la posada con mayor rapidez. Florissa no deja de sorprenderme ni de asustarme. Que una mujer domine el arte del escape y las cerraduras, además de tener la capacidad de descifrar una construcción de un simple golpe de vista, puede provocar hasta en el más ingenuo de los hombres una inquietante cantidad de ideas. Ella calla mis pensamientos con una frase.

—Mañana, cuando hagamos el número del muelle, Antonio me besará para darme las llaves. Luego, tú te acercarás y también me darás un beso. No lo haré yo porque estaré encadenada en ese momento. Tú vendrás hacia mí y me besarás antes de entrar a las aguas del océano. Es necesario que me beses mañana y provoques el desconcierto de Antonio de Orsini. No dejes de hacerlo. Confía en mí, yo sé lo que hago. Soy la sacerdotisa del escape. La única novia de Houdini. Soy Florissa de la brisa. Escapo con el viento y, a diferencia de Houdini, yo sí venceré al reino de las sombras. Confía en mí… a partir de hoy de eso dependerán nuestras vidas y su nueva riqueza. No dudes en ningún momento; esa duda puede ser mi perdición. Toda tu fe debe depositarse en mí. Lo necesito. La necesito. Esta vez sí debo escapar de la magia y la muerte.

La manecilla del reloj de bolsillo de mi padre ha llegado al número cuatro. Brilla la carátula con el apagado toque mercurial de las manecillas que permiten adivinar la hora sin necesidad de mirar los números que la vela, casi a punto de consumirse, hace perceptibles ante mí, ya que no he querido encender la luz eléctrica; pese a que esa energía es otra de las cosas más fascinantes que he descubierto en este viaje.

Me he quedado a solas en la pensión a fin de esperar a Florissa. Ella ha partido a robar el diamante desde las doce de la noche y no ha vuelto. Dijo que yo estorbaría, aun si me quedara en la calle vigilando que las cosas salieran bien, en espera de alguna señal convenida. Podría sospechar algún caminante o el sereno mismo. Sus pasos de gata nocturna serían más fáciles de disimular sin ninguna sombra humana en torno a ella. Por primera vez, sospecho que mi presencia la pondría nerviosa, a ella, la mujer con los nervios de acero más templados del mundo de la magia, la dama capaz de desafiar a la muerte todos los días el tiempo que fuese necesario. A pesar del truco, a pesar de la trampa, siempre existe un riesgo de no salirse con la suya en el instante de mentir, robar y engañar.

Quizás alguien escuchará un ruido y sacará una escopeta que no se ha disparado desde los días de la Revolución. Tal vez quedó atrapada en algún contrafuerte o ha caído y se ha roto la nuca. Eso me pregunto y doy tantas vueltas a las posibilidades de la tragedia pero no ahuyento la idea de que se haya marchado esa misma madrugada con el diamante maldito. Sólo la falta de transporte a esa hora atenúa esta preocupación. ¿Habrá comprado un caballo a escondidas?

Desde el segundo piso de la pensión miro la calle desierta y escucho a los gallos cantar puntualmente la hora. Nada sucede ahí más que la tiniebla nocturna, posada sobre la ciudad como el manto del escapista que desciende a las profundidades en caída directa. Mañana Florissa hará el número en el muelle y no descansará lo suficiente con esta incursión. He visto cómo Antonio de Orsini la regaña cuando no duerme su siesta a la hora de los descansos, pues sus reflejos se vuelven lentos y adormilados. Debe dormir doce horas seguidas antes de afrontar al barquero Caronte.

Amanece. Ya caminan las mulas que llevan barricas de agua a las casas desprovistas de aljibe y el cielo palpita de un azul oscurecido. Puedo adivinar el contorno de mis manos pero no la posición exacta de mis uñas. Decido ir a la finca. Desde las doce de la noche no me he quitado mi indumentaria, listo para salir corriendo en caso de que me necesite Florissa. Ahora es el momento de abolir la incertidumbre y salir a la calle.

Cierro con sigilo la puerta. Antes de la escalera de descenso, hay un salón triangular que da a un balcón abovedado cuyo principal adorno es la radiante fachada del edificio de enfrente, rubricada por una palmera de hojas desveladas. Camino unos pasos, para ver si desde ahí Florissa aparece milagrosamente a lo largo de la calle, y descubro que las ramas desparramadas de una brillante bugambilia han formado un dosel sobre el balcón que sólo se percibe al franquearla. Coloco mis manos en el barandal y a lo lejos, miro la larga procesión de fachadas que comienzan a encender luces y a abrir sus puertas de doble hoja. Entonces me vuelvo: al final del salón se abre la puerta del cuarto de Antonio de Orsini y Florissa sale de ahí, con pasos de compungida bailarina, hasta huir a su cuarto, incapaz de percibir que la acecho tras la bugambilia. Sí: Florissa, mi Florissa, sale de la habitación de Orsini.

No lleva ningún diamante en sus manos y ni siquiera se ha dignado en tocar la puerta de mi habitación donde sabe que la aguarda un hombre desesperado, angustiado por la incertidumbre. Un hombre capaz de cometer cualquier locura si ella enfrentase algún peligro o si tan sólo me lo ordenase con su portentoso gesto de sacerdotisa.

¿Ahora quién es el amo de la verdad? ¿Quién reparte la mentira? ¿Debo creer en ella?

—¡HA COMENZADO EL PRODIGIO! ¡LA MUERTE ES LA convocada de honor! ¡El mar será nuestro juez y principal testigo! Florissa de la brisa, la novia de Houdini y la auténtica dueña de los secretos del hierro y la penumbra descenderá hoy a lo más profundo de este muelle para desafiar a la infaltable destructora de existencias. Con las cadenas que han sido prestadas por los respetables trabajadores de maniobra y descarga naval ha sido asegurada nuestra princesa de la magia. Los candados son propiedad de los distinguidos caballeros Jaime Olivo, Rafael Montero Balderas, Joaquín Valcorba, Luis Sotolara y el amable director del Banco Occidental de México, para quien pido un caluroso aplauso. ¡Don Germán Bastidas!

Florissa aparece envuelta en su capa. No me mira. Antonio de Orsini la encadena secamente mientras Lorenzo Ludovico observa desde lejos. Él siempre ha visto con desprecio este acto y sabe que, si se acerca a la aglomeración de curiosos, lo asediaran con preguntas o descabelladas peticiones. Florissa revela las señas del desvelo… ¿Qué debe pensar un hombre como yo en esa situación? Hay viento de altamar y las duelas se cimbran ante la ebullición de la curiosa turba. De tanto mirar esta mojiganga estoy irritado y ni siquiera me asusto como en los primeros días en que vi a Florissa jugarse la vida en esa caja.

Shackleton me murmura un secreto: Florissa y Orsini han discutido. Él deseaba cancelar el acto ante la amenaza de la tormenta. Se corren mayores riesgos y la gente asiste menos ante la amenaza de la lluvia. Pero Florissa se ha salido con la suya y argumenta que, de seguir la lluvia y el amago de la tempestad, menos gente iría al teatro sin esta provocación gratuita.

El ataúd ha sido abierto y Florissa se acerca, recibe la ovación y, antes de que yo piense la menor nimiedad, Antonio de Orsini le da el beso de la buena suerte, sin anunciarlo con la pompa que acostumbra, y cierra el candado con algo que parecer ser furia dominada. Entonces despliega con displicencia la cuerda dorada como queriendo darle un latigazo a Florissa. ¿Son amantes o hay algún incesto aquí que nunca seré capaz de desentrañar? No me acerco a Florissa para entregarle el beso que me pidió. ¿Para qué? Ella ya robó el diamante y se lo entregó a Orsini y quizá ya han hecho el amor mientras yo seguía en vela. Tal vez ni siquiera salió esa noche de esa alcoba. Cuando el martillo comienza a blandirse en las manos de Orsini, cual cuchillo a punto de segar su cuello, Florissa me llama por mi nombre.

—Ven. Tú también dame el beso de la buena suerte.

La gente se asombra de la petición y no falta quien sugiera hacer una fila con todos los varones para mejorar la fortuna de la escapista. Eso me hace atravesar el grupo de espectadores entre risas sarcásticas hasta llegar a Florissa –alta mujer envuelta en capa de vampiro, cabellera vuelta oleaje aéreo ante un mar de espumas sucias–, quien me mira con firmeza, sin despegar sus pupilas de mi rostro para estamparme un beso, abrir mis labios desganados con la ganzúa caliente de los suyos y, con inesperado sabor a cobre, pasar a mi paladar una pequeña llave, que me veo obligado a sostener con los dientes para no tragármela, mientras su lengua, más caliente aún, escapa del abrazo de la mía y también todo el cuerpo, cuerpo que ahora se recuesta en el ataúd, cruzándose de manos al tiempo de recibir la cadena final.

—Estoy lista.

Orsini me mira, extrañado del beso que me ha dado Florissa. Nos mira a los dos y parece dispuesto a interrogarnos, pero la función ya ha iniciado.

Suena el redoble de tambores; un pelotón de soldados del fortín aceptó traer sus percusiones luego de que Orsini intercambiara unas copas y unos juegos de naipes con el encargado de la plaza. Las cadenas son trincadas y colocan clavos a discreción, siguiendo los encarecidos consejos de Orsini, que desea darle tiempo a Florissa para que se libere. Con toda discreción saco la llave de mi boca y me pregunto qué es lo que pretendía la escapista. Los soldados, siguiendo la orden de Antonio, levantan el ataúd y lo dejan caer a las aguas aceitosas del muelle. La caja flota unos cuantos segundos, antes de irse inclinando hacia una esquina, y se hunde en unánime burbujeo que llena la superficie que la cubre, se crea un remolino en el cual flota la cuerda dorada de seguridad, el rizo de cáñamo que permitirá salvar la vida de Florissa.

—Quien guste, puede aguantar su respiración al mismo tiempo que Florissa. La novia de Houdini contiene la respiración más tiempo que cualquiera de ustedes. ¡Hagan la prueba!

Se mueve el oleaje. La cuerda dorada palpita como un látigo, como una serpiente marina que ha sido decapitada, y se
agita al liberarse de la tensión incandescente de los nervios
conectados por la vida. La silueta difusa de la caja se diluye,
se pierde,

se vuelve una materia impenetrable sobre la que de inmediato se recupera al ritmo pausado de las ondas marítimas,

ondas que han comenzado a encresparse por una lloviz-
na inesperada, puntilleo que traza motas gruesas en el piso
de madera, golpes de agua bronca contra la nuca,

las manos,

las mangas de la camisa, camisas que se han vuelto un
mapa de tonos,

al igual que los sombreros de las damas, las chisteras de
paño que no deben mojarse porque se echan a perder fácilmente en este clima horrible del demonio,

este calor tropical que no deja sitio a la elegancia,

y la lluvia se vuelve una espesa artillería, intensa metralla
que ahora viene sesgada, lanceolada,

fusilería en tangente,

en menos de lo que todo ser humano de complexión robusta y amplio torso puede resistir bajo el agua sin recibir
daño cerebral,

esos segundos en que los pulmones pueden inundarse y
reventar como una simple burbuja de jabón,

un sólo talego presionado por el aire concentrado, des-
garrando la pleura, clavando la carne esponjosa del pulmón
contra las costillas, haciendo latir el corazón al mismo ritmo de una ametralladora,

moviendo la sangre desesperada rumbo al cerebro hacia
el cual no mana oxígeno,

no asciende la vida,

el agua salada que entra por las fosas nasales ahora dilatadas más que nunca, los ojos más abiertos en la penumbra,

mil cosas en cuestión de segundos lo hacen más rápido en la imaginación, pero no por eso no pueden arrancar a cualquiera la magia de la vida,

la ilusión de la existencia que más vana parece cuando el viento asusta a la gente.

Alguien grita,

Sáquenla,

Sáquenla, por favor,

esa muchacha está a punto de ahogarse, jalen la cuerda, suban ese ataúd,

Dios mío,

hagan algo,

yo intento jalar la cuerda dorada,

pero Antonio de Orsini me detiene,

queda tiempo, no seas idiota, esto es parte del acto,

y al quitarme la cuerda descubre con asombro que está suelta,

el cordón umbilical que nos une con Florissa de las olas se ha roto,

desgarrado hilo áureo que nos comunica a la región de los muertos con la que tanto hemos comerciado,

burlándonos del dolor ajeno,

de la incertidumbre y la incapacidad de la gente para aceptar el misterio de la muerte,

y ahora nosotros

que vivimos de la mentira y la impostación, tenemos una certeza, una certidumbre, un dolor propio, porque Florissa vuela en la corriente marina, sin salir de su caja, no surge triunfal como una Venus del artificio y la mentira,

y ahora gira entre las algas, los sargazos, el lodo grumoso por el aceite del buque, el ataúd de Florissa errante,

invisible entre las anclas caídas que son hilos de óxido festonado de pólipos y percebes,

porque Florissa no aparece,

no surge, y la gente fluye con la lluvia,

huye del horror de la muerte,

porque ellos sí pueden huir y volverse a sus casas y olvidarse del incidente,

nosotros debemos quedarnos aquí en el muelle,

dar cuentas a alguien, cuando menos a Dios,

entre la lluvia, entre las aguas remolino,

los cuatro,

Antonio de Orsini, Shackleton el prodigioso, el Gran Ludovico y yo,

a la vista de un horizonte que desaparece cuando la tormenta hace que el mar y el cielo tengan el mismo color,

interrumpido sólo por el destello de los rayos que se estremecen al fondo y hacen temblar el muelle con el eco de un trueno divino,

mortífero truco de magia celestial que ilumina nuestros rostros,

ahora en similar mueca,

la misma máscara de horror que nadie parece capaz de quitarse a pesar de la lluvia,

lluvia que desciende entre nuestros pómulos y los relámpagos, que aumentan su destello,

como si fuesen el brillo de la luz atrapada en la telaraña de reflejos y la arquitectura minúscula, perfecta e inviolable, trazada por la mano de Dios en el interior de todos los diamantes,

en todas las piedras

que ha esparcido por las arenas y las montañas del anchuroso planeta.

Y Florissa se ha perdido con todo y su ataúd,

no bajo la tierra en medio del océano,

sino frente a nosotros en un sorprendente acto de realidad que nadie se atreve a premiar con el batir de palmas.

La realidad

–esa eterna ilusión cambiante–

siempre será más sorprendente que la magia.

—*Après nous, le déluge!* —masculla Lorenzo Ludovico cuando nos quedamos solos, y exprime su capa con furia.

Hay que fugarnos con prisa, sin dar explicaciones, no hay tiempo de nada. Todo fue un accidente. Florissa conocía el riesgo. Era su oficio. Las autoridades pueden acusarnos de homicidio imprudente si alguna de las damas pudorosas hace un reclamo, ya que de momento la actitud general es de compasión; Antonio de Orsini ya ha encarado antes la legislación al respecto y sabe que ahora lo mejor es desaparecer, y, si se puede, lo más lejos posible. La lluvia nos dará tiempo de esfumarnos en nuestro desesperado acto de desilusión. Me dice que no debo contar a nadie de la llave maestra que Florissa me entregó con sus labios, asunto que le confieso a la primera oportunidad en que lo veo sin nadie cerca. Ése es un secreto mágico y ésos se conservan con la muerte. Florissa misma se lo llevó a su tumba entre las olas.

Ni siquiera me pregunta —y al parecer tampoco se lo pregunta el mismo—, si Florissa decidió cometer suicidio esa mañana o si el tiempo no le alcanzó para liberarse. Me tranquiliza, según él, al revelarme que de todos modos ella tenía cosida una ganzúa en la piel del antebrazo. En caso de perder la llave, Florissa podía desgarrarse la piel con los dientes y arrancarse la ganzúa, para luego abrir las cadenas de las manos, sujetando la minúscula herramienta con su desesperada dentadura. Varias veces lo había hecho antes y alguna vez había quedado atrapada, sin alcanzar a salir, para gran fiasco de los espectadores. Esas cosas suceden en este negocio. No es fácil jugar todos los días con la magia y la muerte. Ahora Florissa ha terminado en el fondo del mar. Tanto ella como él se han preparado para ese momento que pensaron que nunca llegaría. Orsini recuerda el cerrado mutismo de Florissa en las últimas semanas al irse acercando a Mazatlán. Y añade que esa mañana él mismo amaneció con dolor de cabeza, molestia que nunca le aqueja, por lo cual se atrevió a tomarla como un aciago mensaje.

¿Por qué me dio Florissa la llave de su salvación? ¿Querría decirme algo, hacerme sentir culpable? Nunca entendí a esa mujer. Antonio de Orsini tampoco, porque ni siquiera ha mirado la llave. Definitivamente, por el modo en que reacciona, Antonio no puede ser su padre o su tío, por más incestuosos que hayan sido los dos. ¿Habrá cortado el mismo Orsini la cuerda dorada?

Ludovico abre la gaveta donde conserva el violín que resonaba con la vibrante crin de Pietro Locatelli y me lo entrega, así como las partituras que le obsequió el ruso Oistrakh a la hora de compartir el secreto de la melodía, una vez que desayunaron en una finca frente a un campo de altivos girasoles. Me cuenta que lo conoció en Varsovia, en casa de unos agradables rusos de Odessa, a los que hizo algunos servicios de prestidigitación y luego le brindaron la generosidad de su amistad. Charla de eso con una naturalidad desarmante. Hay que invocar un gran momento cuando se vive uno como éste. Aun así, creo sentir que una cuerda vocal de su garganta se ha desafinado por unos cuantos segundos.

Otra noticia nos espera a la entrada del hotel. La desgracia total no acepta atenuantes. Cuando le llega a la gente de mal vivir es definitiva y aleccionadora. Corre el rumor de que han robado la casa de la familia Valcorba. No sólo los caudales que guardaban en el cajón secreto de un ropero, sino también las joyas de la legendaria abuela Carmelina y el amuleto de esmalte que don Joaquín trajo desde España. Al parecer, la casa de don Germán Bastidas también ha sido desvalijada. Antonio de Orsini no disimula su contrariedad y se lo echa en cara a su informante porteño:

—Ahora nosotros seremos los culpables. Mucha gente roba a sus vecinos cuando llegan los gitanos para tener a quien echarle la culpa, pero en este puerto de contrabandistas sí que se nos adelantaron.. Y muchos se roban a sí mismos para no darles en vida herencia a los hijos, para ahuyentar ladrones o simplemente para no abonar sus deudas por un tiempo. Lo más triste de esto es que nosotros ni siquiera somos gitanos de verdad. Somos gente de magia. Al menos, ayer no la habíamos perdido.

Antonio de Orsini guarda silencio. Sabe que todo se ha ido al carajo y nosotros también. Parece ser que está bastante acostumbrado a ver morir a sus compañeros de trabajo y a enterrarlos mentalmente de inmediato.

¿Así ocurren las cosas? ¿Ni siquiera, hipócritamente, va a llamar a un sacerdote a que pronuncie un responso en el muelle? ¿Se pasa una esponja con lejía cerebral y se borra todo rasgo de debilidad humana? ¿Todo este drama de siglos y generaciones enfrentadas por un diamante va a concluir de manera tan inocua, con cuatro vagabundos mojándose como idiotas en un muelle?

Shackleton es el primero en irse. No se despide. Toma su alforja, la caja de madera donde guarda un discreto reloj para colocar en la chimenea que fuera de su madre, y Orsini, casi sin volverse a mirarlo, le entrega una bolsa de tafeta con las escasas monedas que recogimos en el muelle. Nadie dice nada: estamos hartos unos de los otros, ya basta, ha sido suficiente. La tormenta nos permitirá huir. Cada uno por su lado, cada quien por su rumbo, cada quien con su magia a otra parte. Yo soy el más ubicable de todos ellos. Menos mal que no fui a la casa de Valcorba a presentarme como viejo amigo de la familia.

Afuera marchan torrentes de lodo por las calles. Este puerto fue creado por contrabandistas en una zona que no era la ideal para fundar una ciudad y siempre se enfanga a la menor tormenta. Es tiempo de huir. Desaparecer de esta ilusión que aún sigo viviendo. Que palpita como el quinqué la noche en que Lorenzo Ludovico me enseñó a convertir un bastón en una serpiente.

Conmigo quedarán el recuerdo de la magia y el ataúd de Florissa, perdido a causa de la incompleta cuerda dorada. Lo demás se irá en forma de torrente, polvo, ceniza, agua.

ENTONCES NADIE SE ATREVÍA A EMPAPARSE EN MEDIO DE una tormenta fría, a menos que el peligro lo acechase de manera irremediable y el riesgo de la enfermedad fuese la mejor opción. No existía la penicilina ni otros medicamentos en cuya importancia ya no reparamos. Cualquier persona que saliera en medio de la lluvia podía morir por una fulminante neumonía. Nuestra huida en aquella ocasión parecía ser un eco del suicidio de Florissa entre las olas. Nadie se atrevería a perseguirnos mientras las cortinas diluviales volvieran intransitables las veredas.

Cualquier enfriamiento llevaba a la tumba si no se tomaban inmediatas precauciones luego del accidente. Era una completa locura salir de una casa en el momento de una tempestad. Pero decidimos huir pese a la amenaza de la tormenta, pues corríamos mayor riesgo si nos quedábamos en el puerto a enfrentar el drama, ya que mis compañeros acumulaban suficientes cuentas con la justicia para preferir el peligro del embate atmosférico. Se sobreentendía que aquí nos separábamos.

Shackleton, acostumbrado a los climas nórdicos, se envolvió en una capa embreada y se perdió entre el barroso torrente de la calle. No hizo ningún gesto de despedida que le hubiera hecho descubrirse ante la lluvia. Antonio de Orsini sacó de su talego la colección de cuchillos, las herramientas de joyería y una grácil balanza de precisión que yo desconocía, provista de platos minúsculos en una caja de madera y tapa de cristal, hecha para precisar la calidad y veracidad del diamante, y se la obsequió a Shack sin ningún protocolo. Vaya, ahí me entere que Shackleton también tuvo un oficio decente.

—Creo que volveré a las minas –nos dijo Shackleton–. Ahí me dedicaré a hacer ensayos del mineral en lo que se olvida este asunto y reúno un capital para desaparecer de nueva cuenta. No iré a San José, por supuesto.

Envolvió bien la caja de la balanza y nos dio la espalda, para luego descender por la escalera. Para sorpresa nuestra, se alejó de la calle montado en una mula que nunca supimos en qué momento compró, luego del naufragio del muelle, y que aguardaba en la entrada de la pensión. O quizá se la estaba robando en ese momento. Un buen ladrón siempre encuentra rápido la mejor salida del desastre. Igual que el mejor escapista. ¿Por qué tuviste que fallar, Florissa?

—Mucha suerte, caballeros. Tú también, muchacho –me gritó desde su cabalgadura. Caí en cuenta de que nunca me llamó por mi nombre. Toda la vida me dijo «muchacho».

Lorenzo Ludovico sonrió. Se veía muy tranquilo, más de lo que yo hubiese esperado. Casi parecía liberado de la obsesión del diamante.

—Quédate tú aquí –me dijo con voz jovial–, tus pulmones son demasiado delicados para este chubasco. Eres joven y puedes hacerte la víctima ante los mazatlecos, decir que nosotros te engañamos, al igual que a Florissa. Y en el fondo quizá sea cierto, ¿no lo crees? Y tomando su gruesa capa, que por fin revelaba tener una función útil, se envolvió en ella y salió tras los pasos de Antonio de Orsini. Al verlo en la calle, hizo un truco final. Una de sus manos se levantó en alto y, con un gesto de mosquetero, hizo aparecer el inesperado paraguas oculto en su manga y se esfumó en medio de la lluvia, la cual ya descendía sin viento, aunque aumentando un poco más su macabro tono de persistente amenaza. En ese tiempo, a pesar de su utilidad, la mayoría de los hombres se negaba a usar paraguas porque recordaban demasiado a las sombrillas femeninas y preferían envolverse en impermeables, bajo el argumento de que no se podía cabalgar con una cosa de ésas sin que te la arrancara el viento. Algo llameó dentro de mí: ese paraguas oculto en su manga era utilizado por Ludovico y Shackleton para realizar una pequeña broma en el escenario, saltando sobre el ataúd de Florissa, con propósito de darle más tiempo de soltarse y atenuar los ruidos interiores de su liberación antes de arrojarla al agua. Varias veces los vi bromear con ese objeto. Ahora ese paraguas ya no participaría en el acto y volvería a su normalidad, a dedicarse a aquello para lo que había venido al mundo… como quizá yo debería hacerlo.

Lluvia y más lluvia. El sonido de las percusiones en los tejados, en los cristales de la ventana, en los desagües de briosa cascada en cada una de las fincas, los chorros envueltos en una corriente de hojas secas, briznas y fragmentos de ladrillo rojo arrancados por el torrente. Voy a mi cuarto y me derrumbo abrumado en el lecho, y en ese momento cae una chispa de agua en mi rostro, como si alguna gotera atrevida hiciese su aparición para darle punto final a la escena. Sólo faltaba eso, pienso, y al mirar al techo, descubro a Florissa ahí, acurrucada en una esquina, tiritando de frío, luego de haber entrado por uno de los ventanales de medio punto, ventanales que los empleados abren y cierran con ayuda de una pértiga que yace junto al lecho, pértiga que no recuerdo haber metido a la habitación.

Florissa desciende, agarrada de un fragmento de la cuerda dorada.

—Trae ron, rápido, que casi me he congelado –dice al saltar a la cama con un arabesco que se vuelve temblor al arroparse con la frazada, y me pide que le dé fricciones con la bebida para recuperar el color de la piel. Trato de preguntarle qué ha sucedido y ella mueve fuertemente la cabeza, luchando por no desvanecerse. Volver de la muerte ha sido un gran esfuerzo para ella y engulle un largo trago de ron. Me cuenta lo que debo saber:

—Antonio y yo fuimos a robarlo aquella noche y fingí no haberlo encontrado. Mientras él me esperaba afuera, salí por otra ventana de la casa de los Valcorba y corrí a dejarlo en el teatro y volví a la finca. Él dudó, lo percibí, y me quedé con él toda la noche para que no sospechase más. Le vi intenciones de querer registrar mi cuerpo. Tuve que hacer el amor una vez más con él para que comprobase de manera natural que no tenía la piedra escondida entre mis ropas. Lo drogué con una poción que conseguí hace meses y salí a hacer los otros robos, dejando a propósito uno de los cuchillos que tienen grabado su nombre. Es cuestión de tiempo para que lo detengan. No podía contarte esto sin ponerte en peligro o arriesgarme a que me descubrieras.

»Escapé del ataúd y corté la cuerda bajo el agua para dar la ilusión de mi muerte. Subí por un pilote del muelle y llegué hasta el hotel, escapando por los tejados, tratando que nadie me viera, al cabo buena parte del puerto estaba en el muelle y la otra mitad en encierro por la amenaza de la lluvia. Con la otra parte de la famosa cuerda dorada subí a este techo y ahí fue cuando me descubriste… Debemos marcharnos antes de que vengan las autoridades o encuentren el cadáver de Ludovico. Treparemos por el ventanal. Detrás del hotel hay una carreta de toldo de lona con dos mulas para que huyamos. Shackleton nos espera. Nos ocultaremos en el molino de viento abandonado donde acampamos antes de llegar a Mazatlán.

»No podemos perder tiempo. Tengo el diamante. Corre al teatro, entra a la parte de los camerinos sin que te vean y busca un cofre pequeño, oculto detrás del telón, atado a una de las pesas que sujetan la cortina. Ahí lo he dejado. No podía arriesgarme a dejarlo en esta habitación.»

Toma aire con una fuerte bocanada. Su cabello empapado está lleno de algas y uno de los pómulos revela una cortada triangular debajo del ojo parpadeante.

—En ese cofre está el diamante y un poco de dinero. Ábrelo con la llave que te entregué en el muelle. Se la robé a Antonio mientras me besaba y luego te la pase a ti en la boca. Él no sabe que ahí está la piedra. Él no sabe nada de esto. Fue la única manera de deshacernos de él sin matarlo. Con mi muerte he creado la única oportunidad de tomarlo desprevenido. Debe dudar si lo que sucedió fue un suicidio o si no alcancé a liberarme a tiempo. Por eso me porté extraña los últimos días, para fortalecerle la idea de que me encontraba rara, alienada y frágil; por lo tanto vulnerable e inocente. Ten cuidado. Vete ahora y corre. Corre, por favor, corre. Es un tipo inteligente que aún puede sospechar o adivinar algo. No hay que darle tiempo a que nos descubra con sus cuchillos. Aprovechemos estos momentos en que reina la incertidumbre. Esto es como el tiempo que transcurre después de un acto de magia y el público se vuelve vulnerable, crédulo y tonto. Hay que actuar de inmediato antes de que se desvanezca el hechizo.

Avanzo por las calles anegadas, el fango a la altura de mis pantorrillas, la cascada permanente al ras de mi cara. De modo que ella ha robado el diamante maldito de los reyes de Francia. Ahora brillará en mis manos la pieza por la que han caído tantos mortales que vivieron hechizados por el brillo de su simetría. Tocaré la misma pieza que conocieron los sacerdotes de la India, el aventurero Tavernier y la propia María Antonieta.

Entro al teatro por la puerta de servicio. Vaya, hasta parece que Florissa me la ha dejado abierta. Quizá cuando vinieron por el ataúd ella escondió aquí el diamante para no arriesgarse a perderlo bajo el agua. ¿A qué horas lo robó? ¿Habrá salido en la noche aquella a desvalijar varias casas para disimular el robo de la pieza? Tal vez entró al lecho de Orsini para quitarle la sospecha. No sé qué pensar, todo es un barullo de teorías descabelladas y mi situación es la más incomprensible. Procuro obedecer para no pensar en qué lío me meto ahora, del mismo modo que los soldados marchan con sus fusiles sin preguntarse cuál es su bandera.

A quien descubro dentro del teatro no es al lanzador de cuchillos Antonio de Orsini, sino al propio Lorenzo Ludovico, que me aguarda sentado en la penumbra, con un revólver que, de manera cortés, apunta distraídamente en otra dirección.

—Pasa, te he estado esperando –dice con su tono de voz reservado para la solemnidad y la exposición de las verdades eternas. Es el mismo revólver bañado en plata que le vi aquella primera mañana.

—Tranquilo. No te dispararé si no es necesario. Escucha antes algo que debes saber.

No me inmoviliza con el arma, sino con sus palabras. Todo es un truco brillantemente armado. El acto final de una ascendente carrera dedicada al crimen y la mentira. No está muy seguro de qué está ocurriendo, pero me revela que si Florissa y Antonio de Orsini me aceptaron en el pueblo fue porque pensaban utilizarme a la hora de robar el diamante en Mazatlán. Yo iba a ser el culpable, el chivo expiatorio, el tonto enamorado de Florissa que, a la hora de que la conjura se descubriese, sería la víctima acorralada por las autoridades, mientras ellos escapaban jocosos, dejándome más que comprometido con las evidencias del robo. Mi relación familiar con los Valcorba ayudaba al asunto.

—No hay nada más cauto que dejar a un sospechoso inculpado detrás de ti para entretener a las autoridades y ganar tiempo en el escape. Cabeza de turco, le llaman algunos. No debo olvidar que son una pareja de escapistas. Y son amantes, o quizá padre e hija, o ambas cosas, la verdad a mí tampoco me interesa confirmarlo –dice Ludovico, y añade que la única certeza que tenemos de ellos es que son un perfecto par de ladrones que engañan a las personas inocentes con las que se encuentran. Es posible que Antonio esté oculto en otra parte del puerto esperando el desenlace del asunto. La falsa muerte de Florissa es la mejor manera de correr un velo de tragedia sobre el robo y desaparecer con más facilidad a uno o dos de los culpables. Y ese culpable, dado que ya no existe, puede darse el lujo de traicionarlos a todos o aliarse con el que mejor sirva a sus fines y deshacerse luego de él, llegado el momento. Ese culpable es Florissa. El Gran Ludovico no va a permitir que un gran tesoro de la magia se pierda en una vulgar venta comercial. Hasta los más sabios, iniciados en ese arte, caen bajo el poder de la codicia, alcanzo yo a concluir al verlo transfigurado en otra persona, en otro vulgar ladrón oportunista. El deber de un mago es nunca perder el control de sí mismo y Ludovico ha fracasado.

—Así es, amigo mío. Te lo dice un mago verdadero. Ahora abre ese cofre. De modo que la astuta mujer decidió esconderlo a la vista de todos para que no sospechemos… Ábrelo. Quiero ver si este diamante es auténtico. Quitémosle el esmalte. Cuando se apagan las luces, un brillo azul queda dentro de la piedra por unos cuantos segundos. Ésa es la mejor manera de comprobar si la leyenda que tenemos ante nosotros es la real. ¡Abre ya la cerradura! Quiero conocer al fin el brillo del legendario azul de Francia. Esa luz será la única que me guíe en el sendero que apenas inicia…

El cuchillo de Antonio de Orsini cae como una ave guerrera en el cuello del Gran Ludovico y sus palabras son borbotones de sangre. Dispara, a manera de reflejo, muy lejos del blanco, y otro cuchillo más pequeño y letal vuela a clavarse en su mano, corta sus falanges y lo obliga a soltar el arma. Entonces cae de la silla, patalea mientras le tiemblan las rodillas y se desmorona sobre su capa negra. La mirada se clava en el techo, erizado de cuerdas y bambalinas y, con un último estertor, trata de empujar el revólver en dirección de mis pies. Lo logra con éxito, pero yo no soy capaz de tomarlo. Antonio de Orsini sale de la penumbra y blande otra de sus dagas capaces de matar pájaros en pleno vuelo.

—De modo que tú fuiste el más listo de todos nosotros –me grita con el tronido de siempre: te ibas a quedar con el diamante y con la muchacha… No sabía que fueras tan astuto. Has sido el mejor aprendiz que hemos tenido. Idiota no fuiste, pero sí descuidado. ¿No te has dado cuenta de que todos los que andamos en esto somos una bola de pillos desconfiados, capaces de matarnos por una fortuna que no deja el menor sitio a algo tan tonto e inútil como la honradez o creer en poderes superiores? Ésa es la otra magia. Desconfiar siempre del compañero y no dudar en matarlo.

Se pasea en torno al cadáver de Lorenzo Ludovico, ahora totalmente quieto, a excepción de la sangre que sigue manando. Toma el revólver y lo coloca en uno de los bolsillos de su chaleco, bien abastecido de cuchillos. También rescata sus armas del cuerpo del mago y limpia sus hojas sobre la ropa del muerto. Me pide la llave, entra al pilar donde se sujeta el telón y encuentra de inmediato el cofre; abre la caja, saca la pieza y me la muestra desde ahí. No parece un diamante, sino un medallón de esmalte con un interior azul profundo, azul que seguramente es el de la piedra. Antonio de Orsini mira el amuleto de Joaquín Valcorba y prorrumpe en una tranquila carcajada. Toma la pieza y la levanta en alto como si esperara que los poderes de la leyenda descendieran a él en ese momento, urgidos desde los más lejanos confines del cosmos o quizá del cavernoso reino de la muerte.

—Ahora comienza la magia.

Arroja con tanta fuerza la pieza contra el piso que me asusto al verla dividida en añicos, rozando incluso mis pies algunos fragmentos. El esmalte se ha esparcido por el piso del teatro y en el centro del escenario ha quedado lo que bien puede ser un diamante. No es tan fácil destruir la perfección de los diamantes al primer intento, dice Antonio, satisfecho de los resultados del impacto, y recoge el alma del amuleto, exorcizada de un solo golpe, al tiempo que la acaricia con soberbios dedos.

Antonio de Orsini, aventurero y ladrón, lanzador de cuchillos, aprendiz de joyero con monsieur Eliphas Roquebrune, me da la espalda y sale con el diamante maldito en su mano. Lo hace girar con la satisfacción de quien ahora tiene todo el poder del mundo preso en su mano. Me ofende el hecho de que ni siquiera me considere de peligro. Bastaría que yo aventurase un movimiento brusco para que atraviese mi cuello con cualquiera de sus dagas. Pero hasta en eso me desprecia y me sabe inocuo.

Vuelvo con Florissa y lo que veo me llena de azoro: Orsini se aleja en su mula, bestia renuente a cabalgar entre las piedras resbalosas del empedrado, pero obedeciendo a su amo. La compasión hacia mí demostrada por el antiguo aprendiz de orfebre es en mi mente la forma más terrible del desprecio. Por primera vez la ira inunda mi cuerpo como fiebre maligna.

Florissa yace envuelta en más sabanas. La botella de ron se ha acabado y el color vuelve a tornasolar su rostro. Una caja de té aparece abierta junto al buró y lucen indicios de que se ha preparado un cigarrillo con esas hierbas medicinales que usaba Shackleton para el asma. Le cuento lo que ha pasado con el diamante. Florissa acerca el cigarrillo a sus labios y no pide detalles.

—Olvida el diamante; las joyas que llevo nos ayudaran a sobrevivir. Y en el viejo molino oculté otras. Tengo meses planeando salir de esta forma de vida. Siempre hay que tener más de una ruta de escape en este oficio.

Así que trepamos a la moldura del techo, esta vez gracias a una cuerda con nudos que Florissa tuvo la pertinencia de dejar fuertemente amarrada. Luce débil, pero se sobrepone y asciende con más facilidad que yo, torpe y tambaleante, mientras me exijo no hacer demasiado ruido.

Reptamos por el tejado, pues la lluvia no se detiene. Mazatlán está envuelto en un ancho pabellón de unánime grisura, un dosel que cubre la cima de los edificios y las palmeras. Las vigas más fuertes están al centro, me avisa Florissa, y encarecidamente me ruega no trastabillar ni pisar ninguna teja que pueda caer y romperse. Techos y calles; aves de plumaje empapado refugiándose en las ramas de las higueras; ventanas que se cierran de golpe por el aluvión; mi cabeza era una marejada de pensamientos y confusiones, desconcertada ante tantos vuelcos: ahora Shackleton vuelve a entrar a escena y es el otro cómplice que necesita Florissa para lograr el escape final.

Pero no lo encontramos. La carreta luce sola, lista con las dos resistentes mulas que compró a un enterrador, según me revela mi amada. Shackleton no aparece. A pesar de la urgencia, Florissa insiste en que lo esperemos. Ella pasa a la parte trasera y se acurruca entre la paja que se ha mantenido seca, se cubre con una frazada y abre otra botella de ron oculta gracias a una enorme previsión. La escucho dar un fuerte suspiro que más parece un ronco crujido interno; luego de un largo trago dice, con voz lastimera de niña, que se siente muy cansada. Y pierde el conocimiento minutos después.

Avanzo. Shackleton es un zorro y sabrá escapar o esconderse. De peores trampas, guerras o desastres ha escapado, gracias a su labia. En las afueras de Mazatlán aguarda el molino de viento para refugiarnos. Shackleton nos encontrará en ese sitio abandonado. Yo podré descansar allí con Florissa y luchar por mantenerla con vida. Hay agua y árboles frutales. Hay silencio y escaso tráfico de gente por aquellos contornos. Florissa es una mujer fuerte y astuta. Es una mujer poderosa. No debe morir. Es una mujer mágica.

Me acerco con cautela a un arriero que viene del pueblo y éste me cuenta la tragedia de los ilusionistas del teatro Ángela Peralta. Fue un escándalo tal que los empresarios ya no volverán a abrir el sitio a cualquier artista callejero fugitivo de las carpas y ferias de segunda categoría. Sólo recibirían a artistas que estén anunciados por los carteles de las fiestas populares en los vecinos estados de Jalisco, Durango y Sonora. Para algo servirá al fin el telégrafo.

Todo concluyó mal: la muchacha ahogada en la trampa de su ataúd; el mago degollado en el escenario; el robo a las casas de familias ricas y la mala sombra dejada en el puerto por semejantes embajadores de la tragedia. Además de la tormenta, que hundió varias barcazas comerciales y desplomó techos en las casas más viejas, el lanzador de cuchillos fue asesinado por uno de sus ayudantes mientras intentaba huir del puerto en medio de la lluvia. El asesino era un joven europeo, inglés al parecer, quien al día siguiente trató de subirse a un buque mercante en movimiento y fue acribillado por los militares que revisaban el cargamento recibido. Eran los mismos soldados que el lanzador de cuchillos había contratado para el redoble de los tambores en el número de escapismo y reconocieron al traidor en el acto... Pobre Shackleton, no logró ser lo suficiente hábil en esta ocasión.

—¿Y el asesino no llevaba las joyas robadas consigo?

—El ladrón que murió en el muelle portaba una alforja de cuero y trató de lanzarse al agua para huir de sus perseguidores.

Me entero que antes de caer al mar, las balas lo alcanzaron y su cuerpo se perdió entre las propelas de la nave que zarpaba al otro lado del Mar de Cortés. El barco pertenece a la familia real británica, se llamaba *Sueños de Golconda*, y es una de las mejores embarcaciones que han arribado a Mazatlán en esta época de grandes navíos y progreso deslumbrante, progreso que alejará pronto a sus pobladores de la superstición, la superchería y la inocencia. Su porte es tan celebrado que es considerado por los navegantes como el verdadero diamante de la corona. Alguien piensa estrenar una nueva ópera escrita por un mexicano en una de sus cubiertas.

De modo que la piedra volvió a las profundidades del olvido a hacerle compañía al ataúd perdido de Florissa. Shackleton se llevó a su tumba submarina la gloria del Azul de Francia como compañero sepulcral por escasos momentos, mientras el oleaje no le arranque la alforja a su cadáver o el mismo océano pudra el envoltorio colgante de sus manos de ladrón. Ningún emperador o aventurero de nuestra época puede atesorar mejor lápida que esa leyenda que dio vida, maravilla y muerte, a tantos individuos de tantos extremos de la esfera terrestre. La existencia vagabunda de Shackleton no careció de momentos de brillo, coronados con esa fugaz posesión de la joya prodigiosa al instante final de su caída… Sé que no fue un pobre diablo; tampoco le escasearon las emociones que su alma inquieta en el fondo despreciaba, pero esas vivencias le templaron el vivir y le dieron un fuego secreto que le hicieron estremecerse a cada minuto de su existencia. ¿Acaso no es el mejor trofeo que podremos llevarnos a la hora del misterio que aguarda escondido en nuestra tumba?

Ahí, mientras hablaba el arriero, recordé las palabras del Gran Ludovico: «Un mago no es aquél que aparece palomas o arroja una culebra impertinente a los pies del faraón. El verdadero hombre de magia es aquél que transforma su mundo miserable en un destino extraordinario, aquél que se arranca las cadenas que lo aprisionan, dándole a su vida el poderío y la consistencia del diamante».

Entonces me digo que la muerte sabe con quién se enfrenta y sólo vacila al escuchar el nombre de Florissa de las nubes, Florissa de las cadenas desatadas, Florissa la novia de Houdini, la prodigiosa burladora de las parcas y la princesa de los abismos y los torrentes más peligrosos, a donde ha descendido envuelta en cuerdas y candados, para humillar a los tipos más altaneros con su magistral huida. Florissa sabrá vencer a los demonios de la enfermedad y sus pulmones, acostumbrados a soportar la presión del mar, resistirán el enfriamiento y escucharé de nuevo su voz de ronca mandolina.

La vida no se mide por el número de veces que respiramos, sino por la cantidad de ocasiones en que contenemos el aliento, en que morimos y nos reinventamos. Florissa alargará su vida gracias al asombro con que los demás la han visto; gracias a que sabe jugar con la vida y bailar con las parcas. Desde el momento que Florissa entró por mi ventana, la rueda de mi existencia giró con fulgurantes cabriolas en el viento. No pude evitarlo. Todo fue un asunto de hechicería o quizá de verdadera magia.

Abran paso, caminos de Mazatlán, que voy con la reina de los secretos de la magia, la luminosa espada vuelta mujer que arranca de cuajo cualquiera de sus incredulidades. Vengan a ver este acontecimiento. Sólo ella sabe volver realidad las descabelladas arquitecturas del mundo de los sueños. Es Florissa de Orsini, la única mujer capaz de desafiar a la muerte y a la naturaleza, la conocedora de los secretos del antiguo Egipto y las enigmáticas galerías del infierno... Vengan a conocer esta ráfaga de asombro. La novia del Gran Houdini ha venido a nuestro país. Usted la verá burlarse de la muerte y escapar del ataúd cuyas cadenas han sido templadas por las llamas del Cáucaso. Su nombre infunde respeto entre los hechiceros de Bagdad y ha creado una nueva religión cuyos ritos hacen temblar a los guerreros que cabalgan por las calles del Hades. Sólo ella conoce las palabras mágicas porque, cualquier cosa que dice, cualquier gesto que hace, pueden trasmutar en felicidad la más aciaga melancolía o la más terrible miseria en este planeta. Al fin he dado con la piedra filosofal de mi existencia. Nadie convierte los sueños de la irrealidad en la ardiente poesía de todas las mañanas. Nadie puede hacerlo. Nadie. Sólo Florissa. Sólo Florissa. Mi mujer. La novia de Houdini.

FIN

AGRADECIMIENTOS

El viaje de esta novela se le debe a varios caminantes de diversos mundos: Eduardo Langagne, Antonia Kerrigan Miró, Ignacio Trejo Fuentes, Lily Audelo de Flores, Juan Esmerio Navarro, Jesús Florencia, Martín Solares, Víctor Hurtado, María del Carmen Urista, Raúl Rico, Carlos Maciel, Rafael Mendoza Zatarain, Víctor Antonio Corrales Burgueño y Juan Eulogio Guerra Liera.

También es para mi madre, Josefina Ramos Espinoza, quien recorrió algunos de los caminos de esta historia.

Para mis hermanas.

Para Carla Valero y Ian Rainieri.

A todos, gracias por su magia.

Índice

Esta obra se imprimió y encuadernó
en el mes de octubre de 2014,
en los talleres de Litográfica Ingramex, S.A. de C.V.
que se localizan en la calle Centeno 162-1,
colonia Granjas Esmeralda, México, D.F.